KB185531

해미읍성,
탱자꽃봉오리 터지다

해미읍성,
탱자꽃봉오리 터지다

김인숙 수필집

인쇄일 | 2024년 11월 20일
발행일 | 2024년 11월 25일

지은이 | 김인숙
펴낸이 | 김영빈
펴낸곳 | 도서출판 시아북(詩芽Book)

출판등록 | 2018년 3월 30일
주소 | 대전광역시 동구 선화로214번길 21(3F)
전화 | (042) 254-9966
팩스 | (042) 221-3545
E-mail | siab9966@daum.net

값 13,000원

ISBN 979-11-94392-16-3(03800)

* 이 책은 2024년도 충청남도, 충남문화관광재단 의 창작지원금을
  지원받아 제작되었습니다.

시아북수필선 015

해미읍성, 탱자꽃봉오리 터지다

김인숙 수필집

요즘의 해미읍성은 활짝 피어난 탱자꽃이다.

치열하게 살아온 세월을 돌이켜 보면 옆에 계셨던 모든 분들이 힘이 되어 주셨다.

그분들이 모두 내 글 속에 들어가 용기와 힘을 주고 있다.

지금 나는 화양연화이다.

시아북
詩芽BOOK

우물 속에 가득한 맑은 샘물 옆에서 한 모금도 못 마시고 갈증으로 고통스러워하던 세월이었다. 옆으로 스치며 지나가던 사람들, 함께 걸어가는 사람들은 마음껏 벌컥벌컥 마시며 탐스러운 열매를 마음껏 수확하였다.

수분 부족으로 목이 타들어 가도 말 한마디 못 하고 속으로 갈증을 삭이며 살았다. 내 삶은 메말라 가고 글 밭에 열매는 열릴 기미도 없었다. 그러던 중에 갈증을 해소해 줄 생명의 물이 나에게 찾아왔다.

갑자기 마시려니 긴장되고 걱정이 앞선다. 이런 나를 옆에서 다독여 주고 용기를 준 남편과 우리 가족들 덕분에 힘을 내서 한 발짝씩 나서기 시작했다. 옆에서 물 마실 바가지를 건네준 최연희 선생님과 김일형 선생님이 제대로 길을 나설 수 있도록 도와주셨다.

어려서부터 호기심과 관심이 많아서 배우는 것을 좋아했다. 이런 습관 덕분에 가르칠 수 있는 기회가 주어졌다. 20여 년 동안 문해교사로 배움에 목말라 하는 어르신들을 가르치면서 나는 그분들로부터 따뜻한 마음과 삶의 지혜를 배우고 있다.

몇 년 전부터 교육청을 통하여 마을 교사 자격을 부여받고 역사 해설을 하게 되었다. 서산의 역사가 숨 쉬는 곳에 학생들과 다니다 보면 나도 학창 시절로 돌아간 듯 열정이 되살아난다. 특히 해미읍성에서 느낀 600년의 역사 현장에 담겨있는 조상의 정신과 숨소리를 이번 글감으로 사용하게 되어 더 보람이 있고 그 기쁨이 매우 크다.

살면서 추억하고 싶은 것을 써 놓았던 작품들과 함께 그동안 여러 문학지라는 믿을 수 있는 큰 집에서 잘 지내고 있던 내 작품들을 드디어 작은 집을 지어 내 집으로 데려오게 되었다. '초가삼간도 내 집이 최고'라는 말을 실천할 수 있게 되어 마음이 뿌듯하다.

누구에게나 마실 샘물이 있다는 것을 몸소 생활에서 보여 주셨던 부모님께 감사드린다. 비록 열매는 이제야 수확하게 되었지만 단단한 뿌리를 주신 덕분에 설익었지만 상큼한 맛이 나는 열매를 맺게 되었다.

치열하게 살아온 세월을 돌이켜 보면 옆에 계셨던 모든 분들이 힘이 되어 주셨다. 그분들이 모두 내 글 속에 들어가 용기와 힘을 주고 있다. 지금 나는 화양연화이다.

2024년 11월

김인숙

차례

해미읍성, 탱자꽃봉오리 터지다

2부 아버지의 아름다운 여행

3부 꽃 속에 숨은 이야기, 이야기 속에 숨은 꽃

해미읍성, 탱자꽃봉오리 터지다

4부 산책자

5부 우체통의 변신은 무죄

1부

순결한 탱자꽃

조숙기, 마음을 흔들다

"맑고 욕심 없이 다스리라."

해미읍성 북쪽 언덕 위에 자리 잡은 '청허정淸虛亭'은 '맑고 욕심 없이 다스리라'는 뜻을 가진 정자이다. 이름만 들어도 이렇게 멋있는 이름의 정자가 또 있을까 웃음이 절로 나온다. '청허'란 뜻은 정치인에게 국한 된 것이 아니라 모든 사람들이 귀담아들어야 되는 의미 있는 말이라고 생각된다.

1471년에 '충청병마절도사영'의 병사인 조숙기가 부임한 후에 무너진 성벽도 보수하고 부임했을 당시에 동문과 서문, 북문은 제대로 되어 있지 않았고 진남문만 남아있었기 때문에 진남문도 중수를 하고 '청허정'도 그해에 세웠다는 기록이 남아있다. 해미읍성은 그때부터 지금의 모습을 갖췄다고 전해진다. 하지만 일제강점기 때에 '청허정' 자리에 신사가 세워졌다가 광복 후에 철거하는 아픈 역사도 갖고 있다.

'청허정'은 1970년대에 복원되었다. 이곳에 오르려면 동쪽에 있는 계단을 이용해야 하는데 가파른 계단을 오르다 보면 이곳에 병영성을 쌓은 이유를 이해하게 된다. 숨이 가빠 오려고 할 때쯤이면 도착하는 높이에 자리 잡고 있다. 힘들게 올라가서 둘러보면 멀리 천수만이 보이는데 이곳이 평지읍성이라고 하지만 적의 동태를 살필 수 있는 조건이 잘 갖춰져 있음을 알 수 있다. 병사들은 그곳에서 휴식도 취하고 훈련도 하고 활쏘기도 하였다.

그곳에 올라가서 주위를 내려다보는 사람들마다 밖으로 표현을 안 해도 머릿속에는 시를 몇 편씩 떠올렸을 거라고 생각 할 정도로 아름답다. 이런 이유로 조숙기 병사의 탁월한 선택에 감탄을 하게 된다. 정자 주변에는 아름드리 소나무가 우거져 있어서 솔향기가 가득하고 한쪽에는 대나무 숲이 있어서 그 속에 들어가면 사그락사그락거리는 댓잎의 속삭임과 쭉쭉 뻗은 미끈미끈한 대나무만 바라봐도 굽히지 않는 곧은 마음이 생길 정도이다. 사철 푸른 소나무와 대나무에 안겨 있는 '청허정'이 완벽한 조화를 이루고 있다.

몇 년 전에 해미읍성 축제 때에 '서산문협'에서 '청허정' 앞에서 시화 작품을 전시했었다. 시화뿐만이 아니라 사진과 그림도 함께 전시했었는데 조숙기 병사가 '청허정'에 계셨더라면 흐뭇한 마음으로 바라봤을 거라는 생각이 들었다.

왜구의 노략질에 긴장 상태로 살면서도 풍류를 즐겼던 분들의 기록이 남아있다. 현재 도지사격인 충청 감사를 지냈던 '조위'는 '청허정' 주변의 뛰어난 풍광과 멀리 보이는 바다 모습에 감동받아서 충청 병사 이손에게 시 한 수를 바쳤다. '조위'의 호는 '매계'이며 김천 출생이다. 조선 성종 때 사람으로 대학자이면서 문장가이기도 하고 두보의 한시를 최초로 우리말로 번역 했던 분이다. 6년간의 유배 생활을 했는데 시의 한 행에 살짝 그 내용이 나타나 있다.

이손절도사에게 차운하여 주는 시

청허정에서 이손절도사에게 차운하여 주다
고운 난간이 흰 구름을 대하고 있거니
소나무가 앞뒤를 둘렀네
먼 봉우리는 아른아른 아득히 바다와 격하고
(중략)
청허정 위에 몇 번이나 올랐던고
간담을 나누는 막역한 사이였네
시 읊으며 군문에서 같이 술을 들고

같이 말 타며 해변에서 함께 산을 보았네

그댄 숙자를 연모해 인은仁恩이 무거운데

나는 왕공을 사랑해 기상이 한가하네

오늘 헤어지면 부질없이 슬피 바라보리니

새 시름에 하룻밤에 귀밑머리 더 세리라

* 출처 : 매계선생 문집 권 2

이 시도 우리들의 시화와 함께 전시되었으면 큰 의미가 있었을 거라고 생각된다. 또한 '청허정'을 찾아왔던 많은 사람들이 가슴에 시를 가득 품어 가는 장소가 되었으면 좋겠다.

민초들의 피, 땀, 눈물

민초들의 피, 땀, 눈물로 만들어 낸 성곽이다.

성곽은 외성과 내성을 통튼 것을 의미한다. 해미읍성의 외성은 '하대상소'로 주변에 있는 돌을 모아서 아래는 큰 돌로 쌓고 위로 올라 갈수록 작은 돌을 사용하고 사이사이에 쐐기돌을 박으면서 쌓았다. 큰 돌, 작은 돌, 쐐기돌 덕분에 600년이라는 세월을 잘 견뎌왔다. '쐐기를 박다'는 관용적 표현으로 뒤탈이 없게 한다는 의미이다. 작은 쐐기돌도 자신의 역할을 잘 했기 때문에 긴 세월 동안 뒤탈이 안 생겼다. 내성은 외성에 의지하여 잡석과 흙으로 4개의 계단으로 쌓고 위를 흙으로 비스듬하게 경사를 만들어 덮은 내탁식이다. 이곳은 병영성이기 때문에 무기를 성 위로 올리는데 용이하도록 비스듬하게 쌓은 것이다.

순결한 탱자꽃

성곽의 길이는 1.8km이며 높이는 5m 정도이다. 성벽 윗부분에는 눈썹돌이 가지런히 박혀 있다. 우리 얼굴에서 눈썹의 역할은 미모를 나타내는데 국한되는 것이 아니라 눈에 들어가는 이물질 즉 물 따위가 눈에 직접 들어가는 것을 1차적으로 막아주는 역할을 한다. 모나리자를 제외한 모든 여성들은 세련되게 눈썹을 다듬고 얼굴을 돋보이게 하려고 예쁘게 그리기도 하고 문신을 한다. 요즘에는 남자들도 인상을 좋게 하려고 문신을 하는 경우를 종종 본다. 눈썹돌은 위에서 내리는 비나 눈을 한 번 막아주어서 아래에 있는 돌에게 직접 닿지 않도록 해준다. 그 긴 세월 동안 많은 추위와 비바람에 성벽이 견딜 수 있었던 것은 눈썹돌의 역할도 크다.

이 성벽에는 치성이 두 개가 있다. 치雉는 꿩을 의미하는데 꿩이 자기 몸을 잘 숨기고 밖을 엿보기를 잘하기 때문에 붙은 이름이다. 치성을 만들면 적이 접근하는 것을 일찍 관측하고 전투할 때 접근하는 적을 격퇴할 수 있도록 성벽의 일부를 바깥으로 돌출시킨 시설물을 말한다. 치성은 모양에 따라서 다르게 부르는데 네모꼴이면 치성이라고 부르고 반원형이면 곡성이라고 부른다. 초등학생들에게 설명할 때는 얼굴을 쑥 내밀면 적을 쉽게 발견할 수 있다는 것을 말하면 치성의 역할을 쉽게 이해하였다. 꿩은 선비들이 폐백으로 사용하였는데 쉽게 길들여지지 않는 습성이 있기 때문이라고 한다. 임금의 뜻대로 움직이지 않고 옳은 것은 끝까지 주장하는 선비 정신을 나타내기 때문이다.

성을 쌓은 사람들은 이름이 알려져 있지 않은 민초들이다. 먼 거리도 마다하지 않고 기꺼이 참여하여 왜구를 물리치려는 일념으로 무거운 돌을 나르고 쌓았던 것이다.

읍성 둘레 전체를 돌아보려면 걷는 것도 쉽지 않다. 그런데 이것을 쌓으려면 얼마나 많은 피와 땀과 눈물을 흘렸을까 생각하면 돌 하나하나에 그들의 고통이 묻어 있다는 느낌이 들 때가 있다. 성을 쌓는데 참여한 수많은 사람들은 어느 가정의 소중한 가장이며 아들들이었다. 그 분들이 고향을 떠나 몇 년씩 고생하면서 쌓은 읍성 덕분에 우리 고장은 왜구의 피해를 막을 수 있었다.

수백 년이 흐른 요즘은 4계절 내내 다른 옷으로 갈아입는 읍성에 관광객들이 행복한 시간을 보내려고 끊임없이 찾아온다. 그 곳에서 내일을 위한 쉼의 시간도 갖고 읍성의 역사를 통해서 과거에 빈번하게 일어났던 왜적의 침입 같은 일이 다시는 일어나지 않기를 몸으로 느끼며 가기도 한다.

순결한 탱자꽃

순결한 탱자꽃

아침이면 푸르도록 흰 탱자꽃이 가지 사이에서 반긴다.

학생들과 역사 체험을 위해서 해미읍성에 들어서기 전에 주위를 한 번 둘러보곤 한다. 그리고 머릿속에 600년 전의 해미를 상상해 본다. 읍성 앞까지 들어 왔던 바닷물과 해자로 파인 도랑 안쪽에 촘촘히 서 있는 탱자나무가 그것이다.

흰 탱자꽃이 필 때쯤의 가시는 부드러워서 왜구를 막으려는 힘을 서서히 기르는 중이라고 할 수 있다. 탱자꽃은 다섯 손가락을 펼친 듯이 잎이 나기 전에 핀다. 여린 새순이 단단한 가시가 될 동안 묵은 가시들은 뾰족한 무기로 자신의 역할을 책임 있게 해 내었을 것이다. 탱자나무로 1.8km 긴 성곽을 단단히 지켜 낸 굳은 의지는 해마다 만들어 낸 가시 덕분이다.

탱자나무는 고려시대 때부터 외적의 침입을 막기 위하여 심기 시작한 것으로 알려져 있다. 강화도의 갑곶리에 있는 탱자나무는 자연유산(천연기념물)으로 지정될 정도로 우리 조상들은 탱자나무를 방어용 나무로 잘 활용하였다. 이 나무는 주로 경기 이남에서 자라며 강화도는 탱자나무가 자랄 수 있는 북방 한계선에 해당되는데 잘 자라서 적을 막아주고 수백 년 동안 노거수로 살아있는 것이다. 하지만 요즘은 기후 변화로 식물이 잘 자랄 수 있는 적당한 온도의 한계선이라는 의미가 무너져 가고 있다.

고사성어에 '남귤북지南橘北枳'라는 말이 있는데 남쪽에 심으면 귤이 되고 북쪽에 심으면 탱자가 된다는 말이다. 또한 '귤화위지橘化爲枳'라는 말은 귤이 탱자가 된다는 말로 '남귤북지'와 같은 의미의 말이다. 기후와 풍토가 다르면 맛이 달라지는 것처럼 사람도 환경에 따라 달라질 수 있다는 뜻이니 그만큼 자라는 환경이 중요하다는 뜻일 것이다.

조선시대에는 나라를 넘보는 큰 도둑이었던 왜구를 막기 위하여 심었는데 어릴 때 과일을 훔쳐가는 도둑을 막기 위하여 과수원집 울타리는 대부분 탱자나무였던 생각이 난다. 가시 사이에 열린 노란 탱자를 가시에 찔리면서도 따서 책가방에 담아 오곤 하였다. 향기는 좋지만 신맛이 강하여 먹기에는 부담스러운 맛이라 방안에 놓고 방향제처럼 사용하였다.

탱자나무는 열매가 중요한 것이 아니다. 울타리로 심어서 적의 침입을 막으려면 열매가 달콤한 맛이 나는지, 신맛이 나는지가 중요한 것이 아니라 억센 가시가 많은 것이 더 필요했을 것이다. 탱자나무 속에서 참새는 매를 두려워하지 않는다는 말이 있다. 매는 아무리 참새를 잡고 싶어도 가시가 촘촘히 난 탱자나무 속으로 들어갈 수가 없기 때문이다. 물론 참새는 작은 몸으로 가시 사이를 요리조리 날아다닐 수 있으니 탱자나무 가시가 방패 역할을 충분히 해 주었던 것이다.

왜구를 막으려고 해자에 심었던 탱자나무 덕분에 해미읍성은 또 다른 이름인 '지성枳城(탱자성)'이라 불리고 있다. '지성' 안에 들어가면 봄에는 가지 사이에 하얗게 꽃으로 치장하고 있다가 작은 연두색의 보석처럼 바뀌고 가을에는 황금색 열매로 변하는 얕은 탱자나무 울타리가 있어서 학생들이 직접 살펴보고 600년 '지성'의 역사를 가슴속에 담아간다.

가슴에 새길 각자성석

가슴에 새길 각자성석을 찾아 나서기 전에 동쪽에 있는 긴 성벽 전체를 눈에 담는다.

마치 그 성이 살아 움직이는 것 같이 느껴진다. 성벽을 이루고 있는 수많은 돌이 말을 걸어온다. 저 많은 돌을 어디에서 구해 왔을까? 하나하나 쌓으려면 얼마나 힘이 들었을까 생각을 하면 그 고통이 나에게 전해져 등줄기가 서늘해진다. 바위와 돌과 자갈이 조화를 이뤄 수백 년을 견디어 온 이야기를 마음으로 읽으며 자연을 잘 이용한 조상들의 고마움을 한 발 한 발 움직일 때마다 되뇌게 된다. 산천에 널려 있던 돌들이 함께 모여서 성벽을 이루고 그 힘으로 우리가 600년을 누리고 있으니 돌 하나하나가 소중하게 여겨진다.

그 당시에 홍주목이었던 거성리와 상성리 근처에 사창이 있었다. 해미는 세곡을 실은 조운선이 지나다니던 바닷가에 있어서 왜구들의 출몰이 고려 말과 조선 초에 심했던 곳이다. 조선 전기 서해안 방어를 위해서 덕산에 있던 군 최고 기관인 육군 지휘 본부인 '충청병마절도사영'인 병영성을 그런 이유로 인해서 해미로 옮겨오게 된 것이다. 해미읍성은 조선 태종 때인 1417년부터 쌓기 시작하여 세종 때인 1421년에 완공이 되었으니 그 때로부터 벌써 600여 년이 흘렀다.

성석에 새겨진 공주, 청주, 충주, 임천, 부여, 서천, 덕은, 홍산, 연산, 니산, 석성, 회덕, 진잠, 면천, 정산, 보은, 옥천 등 25개 고을에서 온 백성들이 힘을 합쳐 성곽을 쌓았다. 처음에는 고을마다 구역을 정해주지 않았으나 세종 때부터 현재의 공사 실명제와 같이 고을을 정해주어 쌓은 구간마다 고을 이름을 성석에 새기도록 하였으니 그 이름은 고을과 자신들의 책임을 표시하는 깊은 새김이라고 할 수 있다. 정해 준 공사 구간의 성벽이 5년 안에 무너지면 책임을 물었기 때문에 각자성석의 효과는 컸을 것으로 생각된다.
요즘에도 자신의 이름을 내건다는 것은 본인이 한 일에 대하여 자신감이 있을 때만 자신의 이름을 내세울 수 있기 때문이다.

고을 이름이 새겨진 각자성석을 찾아보기 위하여 성벽을 돌다 보면 남문인 '진남문' 좌우에 공주와 청주의 고을 이름이 새겨진 성석이 있다. 이 두 고을이 여기에 새겨진 것이 정말 다행이라고 생각되는 것은 읍성 안만 돌아보는 경우에는 성 안으로 들어가기 전에 이 두 고을 이름이라도 볼 수 있는 기회가 주어지기 때문이다.

'진남문'에서 동문인 '규양문' 사이에서 여러 고을 이름을 볼 수 있다. '규양문'에서 북쪽으로 이동할수록 고을 이름을 발견하기 어렵다. 북쪽 성벽과 서쪽 성벽에서는 각자성석을 찾아보기 어렵다. 많은 세월이 흐르다 보니 성곽이 무너져 보수하게 되면서 각자성석이 사라져 버린 것으로 추정된다.

각자성석에는 돌 하나에 시작하는 구간의 고을 이름과 끝나는 구간의 고을 이름이 함께 새겨져 있는 것도 있고 돌 두 개에 나란히 시작하는 고을과 끝나는 고을 이름을 새겨 놓은 곳도 있다. 예를 들면 서천·덕은 - 덕은·홍산 식으로 새겨져서 이해하기가 쉽게 되어 있는 것이다. '덕은德恩'은 여기에서 아주 의미 있는 고을 이름인데 논산의 옛 지명으로 해미읍성이 세워지기 시작한 1417년부터 공사가 끝난 1421년 사이에만 '덕은'이라는 고을 이름을 사용한 것으로 기록에 남아 있기 때문에 '덕은' 고을 이름이 사용 된 시기와 공사 기간이 같다는 것을 증명해주기 때문이다.

해미읍성 제2주차장 맞은편에 새겨진 임천林川은 백마강 건너에 있는 지역으로 현재는 부여에 속해 있다. 임천 고을 사람들은 자신의 고을 이름을 깊고 정확하게 새겨 놓았다. 600년이 흐른 후에도 각자성석 중에 가장 선명하게 남아 있어서 임천 사람들이 쌓은 구간이 어디인지를 확실하게 알 수 있다.

나머지 고을의 이름은 일부는 풍화로 인하여 흐려져서 정확하게 확인하기가 어려운 글자가 많다. 학생들과 글자가 무슨 글자인지 알아보기 힘들어 고을 이름인지 바위가 금간 부분인지 눈을 크게 뜨고 확인해야 하기 때문에 안타까운 마음이 자주 든다. 세월이 흐르다 보면 더 많은 고을 이름을 알아보기가 어려워질 텐데 어떤 방법을 사용해야 더 보존을 잘할 수 있을까 하는 생각을 해본다. 조선 전기의 읍성 중에 보존이 잘 된 3대 읍성으로 손꼽히는 이유는 자신들의 이름이 알려지지 않았지만 고을의 대표로 정성껏 성곽을 쌓은 분들의 노고 덕분이라는 것에 감사하는 마음이 앞선다. 비록 비바람에 각자성석은 흐려져 간다고 해도 우리 가슴에 깊이 새겨서 그 정신을 이어나가야 할 이름들이다.

불꽃

청허정을 안고 있는 동산에 꽃무릇이 붉게 타오르고 있다.

청허정을 오르는 계단 양옆에 꽃무릇이 불꽃처럼 타오르며 그곳을 오르는 사람들을 환영하고 있다.
아래에서 올려다 본 청허정 언덕은 푸른 하늘에 흰 구름이 하늘로 승천하는 용처럼 치솟아 오르며 사람들을 청허정에 오르도록 손짓하고 있다.

동헌은 뒷 숲에서 타오르는 꽃무릇으로 든든한 배경을 갖게 되었다.
땅속에서 소곤소곤 세상 구경 나갈 날을 정하고 나온 듯 단체로 나와서 해미읍성 축제날을 기다리고 서 있다. 기특하기도 하지 어떻게 축제 기간에 딱 맞춰서 등장했을까? 돌담 위로 올려다보다 몸이 굳은 듯 붉은 유혹에 빠져서 다른 곳으로 시선이 돌아가지 않는다. 고만고만하고 매끈한 꽃대 위에 화려하게 틀어 올린 여러 가닥 꽃술은 꽃을 더 화려하게 꾸며주고 있다. 그 모습은 아가씨의 눈썹을 말아 올린 듯 매혹적이다.

  꽃무릇만 피어 있었으면 너무 붉어서 금방 주위가 그 뜨거움에 화상 당했을 텐데, 정말 다행스럽게도 주위에는 먼저 등장한 무성한 풀들이 배경을 초록으로 나올 수 있도록 엑스트라 역할을 해주고 있어서 붉은 것이 더 아름답게 돋보였다. 평지에 피어 있지 않고 청허정이 서 있는 언덕위에 있으니 꽃을 따라서 청허정에 오르고 싶어진다. 청허정에서 풍류를 즐기던 옛 선인들은 이 꽃을 보았으면 어떤 애절한 시를 읊었을까?

  꽃무릇을 상사화라고 부르는 사람도 종종 있다. 꽃무릇도 물론 상사화 속에 속하니 상사화라고 불러도 괜찮을 것 같은데 엄연히 꽃이 다르니 그 점을 살짝 짚고 넘어가야겠다. 상사화는 봄에 잎이 나는데 잎이 두껍고 굵으며 꽃은 연분홍색이다. 꽃무릇은 10월 말 경에 잎이 나며 그 다음 해에 잎이 시드는 것이 서로 다르다. 하지만 서로 잎과 꽃이 만나지 못하는 것은 같으니 두 꽃 모두 만나지 못해서 마음에 깊은 병이 생기는 상사화라고 불러도 큰 문제는 없을 것 같다. 두 꽃 모두 잎사귀 없이 홀로 서 있으니 더 안쓰러워 보인다.

꽃이 지고 나서야 잎이 나오니 '이루어지지 않는 사랑'이라고 하는 꽃말이 그럴듯하다. 어떤 분이 상처를 하고 난 후에 집안에 있던 꽃무릇을 다 파버리는 것을 본 적이 있다. 얼마나 마음이 찢어지게 아프면 그런 행동을 했을까 이해가 된다. 그분만이 아니라 대부분의 사람들이 집 안에 꽃무릇을 심지 않는다. 그 꽃이 집 안에 있다고 해서 부부 중에 누가 먼저 가는 것은 아니겠지만 찜찜한 마음이 있다면 굳이 집 안에다 심지 말고 집 밖에 심어서 지나가는 사람들에게 꽃구경시키는 것도 좋은 일이라고 생각된다.

잎사귀와 꽃이 함께 있는 경우에는 신경도 쓰지 않는데 잎사귀와 꽃이 다른 시기에 나오는 것에는 의미를 두기 때문에 상사화에 대하여 사람들이 관심이 많은 것 같다. 서로 그리워만 하고 만날 수가 없으니 사랑이란 보고 있어도 보고 싶다고 하는데 상사화의 상대방에 대한 절절한 희생은 높이 사야 될 것 같다. 꽃을 피우려고 잎은 추운 겨울에도 꿋꿋이 몸으로 추위를 이겨낸다. 양분을 충분하게 만들고 시들어 가면 그 눈물겨운 사랑에 보답하려고 피를 토하듯 붉은 꽃으로 떠난 잎을 그리며 꽃을 피우다 시들어간다.

상사화라고 모두 붉은 것은 아니다. '붉노랑상사화'가 있는데 이 꽃은 무슨 색일까 궁금할 수도 있다. 붉으면 붉다하고 노랑이면 노란색이라 하지 않고 '붉노랑상사화'라니 이름만 보면 헷갈리지만 꽃은 노란색이 확실하다. 붉은 것은 꽃술 끝이 붉은색이어서 노랑 앞에 '붉'자를 붙인 것이다. 이 꽃이 집단 서식하는 곳이 바로 용현 계곡 휴양림이다. 운산 용현계곡 휴양림을 가려면 우거진 나무 터 널을 지나야 한다. 가다가 왼쪽 산 위로 올라가면 봄마다 진달래 화관을 쓴 큰 바위가 보이는데 이 바위에 문화유산으로 정해진 '서 산마애여래삼존상'이 있다. 2km쯤 더 올라가다 보면 오른쪽에 다 섯 가지 문화유산을 품에 안고 있는 '보원사지'를 만날 수 있다. 이 렇게 역사적으로 큰 의미가 있는 계곡을 조금 더 올라가면 휴양림 이 나오는데 노랑 중에서도 더 고운 노란색의 '붉노랑상사화'가 무 리를 지어 우리를 반겨준다. 상사화 옆으로 맑은 계곡물이 큰 돌 사이를 소리 내면서 흐르니 선경이 따로 없다. 이 꽃은 수선화과 로 3~4월에 무성한 잎이 피었다가 잎이 시들어 없어 진 후에야 8 월경에 꽃이 핀다.

전국의 여러 곳에서 상사화 축제를 하는데 꽃구경하려고 관광객 들이 집을 떠나 이곳저곳으로 몰려다닌다. 먼 곳에 있는 꽃도 아 름답겠지만 내 주위에 있는 꽃들을 먼저 찾아보는 것은 어떨까? 우리 산에 상사화 몇 그루를 작년에 심었는데 산에 다녀온 남편이 상사화 세 그루가 피었는데 한 그루는 가는 젓가락 굵기이고 두 그 루는 그보다 실하다고 했다. 시작이 반이라고 세 그루면 어떠랴 몇 년이 지나면 해미읍성의 꽃무릇만큼 늘어나기를 바랄 뿐이다.

'청허정'에서 타오른 독립의 횃불

해미에서 '서산 해미독립운동사 학술 세미나'가 열렸다.

　해미에서 '서산 해미독립운동사 학술 세미나'가 열린다고 해서 없는 시간을 쪼개어 참석하였다. 서산에서 독립운동을 하셨던 분의 손녀와 함께 일찍 출발하여 시작하기 전보다 훨씬 이른 시간에 도착했다. 일찍 도착해서 그런지 여유롭게 자리를 잡고 앉았다. 하지만 여유롭다는 말은 금방 취소해 버리고 싶은 단어가 되었다. 평일인 금요일인데도 참석한 사람이 많아서 세미나 장소인 농협 회의실은 관심 있는 사람들로 가득 차서 그 열기에 깜짝 놀랐다. 역시 해미는 왜구를 막기 위해서 쌓은 성곽의 기운을 받아서 그런지 6월의 날씨답지 않은 뜨거움이 세미나가 진행되는 동안 계속되었다.

우리나라의 역사는 이웃 나라 때문에 많이 고달프게 살았다는 점에 울분이 치밀어 올랐다. 왜적을 물리치려고 수많은 사람들이 4년여 동안 고생을 하면서 해미에 '충청병영성'을 힘들게 쌓았다. 해미읍성은 임진왜란 당시에 직접적으로 왜적의 피해를 보지는 않았지만 우리나라 대부분의 지역에서 1592년 임진왜란이 일어난 해부터 1598년까지 수많은 사람들이 죽어가고 왜적에게 짓밟혔다.

1905년에 일본에게 외교권을 빼앗기고 1910년에는 을사늑약으로 우리나라의 주권을 완전히 빼앗기고 그들의 식민지가 되었다. 고난이 닥쳐도 꿋꿋하게 이겨 내는 우리 민족은 1919년 3월 1일에 대한독립만세 운동을 시작으로 우리의 주권을 찾으려고 노력하였다.

해미지역에서는 1919년 3월 24일에 독립만세 운동을 거행하였다. 시장에서 상업을 하던 천주교 신자인 한병선이 사업차 서울에 갔다가 독립선언서와 태극기를 구해서 내려왔다. 그 당시에 면사무소 서기를 하던 해미공립보통학교(현 해미초등학교)의 졸업생이었던 이계성이 면사무소에 있던 인쇄기로 독립선언서와 태극기를 다량으로 인쇄하여 독립만세운동을 도모하였다.

이 학교는 읍성 안의 객사 자리에 세워졌는데 근대교육운동을 하던 '기호흥학회'가 설립한 '해명학교'를 계승한 학교이다. 이계성의 후배인 김관룡은 그 당시에 졸업반 반장이었다. 선배의 설득으로 독립만세운동에 기꺼이 동참하게 되었다. 해미공립보통학교 재학생과 졸업생 및 일반인들이 학교 졸업식의 송별회 날에 만세운동을 하기로 결의하였다. 다른 지역의 만세운동은 대부분 낮에 거행되었지만 해미는 밤 11시에 해미읍성 뒷동산에 있는 '청허정'에서 횃불을 밝히고 태극기를 흔들면서 독립만세를 외쳤다. 시위대는 남문과 서문을 지나 읍내리의 면사무소와 우시장(진남문과 동문 사이로 추정)에서 만세를 외치고 주재소로 이동하다가 경찰들과 충돌하여 체포된 사람이 200여 명에 이르렀다고 한다. 이 때 주동이 되었던 이계성과 김관룡은 경찰에게 끌려가 큰 고초를 당하고 징역 1년을 선고받아 옥고를 치렀다. 그 후 김관룡은 식민지 현실을 극복하기 위하여 불교에 귀의하여 여러 절에 머물렀다고 한다.

김관룡이 보덕사 주지로 있었을 때 본래는 가야사지에 있던 삼층석탑을 일본인이 몰래 일본으로 가져가려던 것을 김관용 주지가 되찾아왔다고 한다. 이 탑은 문화유산으로 지정되어 예산군청에 보관하다가 현재는 보덕사 경내로 옮겨져 왔다.

해미초등학교 입구에는 '독립유공자 학교'라는 자랑스러운 현판을 충청남도교육청에서 달아 주었다. 이 현판에는 김관룡, 유세근, 유한종, 이계성, 이기신 등 다섯 분의 이름이 올라가 있다.

하지만 김관룡, 이기신과 현판에 올라가 있지 않은 양태준 등 세 명은 졸업생 명부에 나와 있지 않은데 그 이유는 그 당시의 일본인 교장이 독립운동을 한 학생을 제적시켰기 때문이라고 한다. 독립만세운동에 참여했던 해미공립보통학교의 재학생과 졸업생 등의 나이는 14세부터 23세였다고 한다. 이들은 병영성 안에서 배우면서 내적으로 나라를 지켜 온 해미의 정신을 물려받았다고 생각된다.

이날 학술 세미나에는 독립운동가 오정석 선생의 따님과 서병철(해미면 억대리 출신) 선생의 아드님이 참석하였다. 인상 깊었던 점은 서병철 선생의 아드님이 아버지를 기리기 위하여 '후산재단'을 설립하고 '후산기념농원(서산시 고북면)'을 조성하여 2024년 3월에 현판식을 갖고 유품과 훈장, 형무소 판결문 등을 전시하는 등 기념 사업을 하고 있다는 점이었다. 이렇게 나라의 독립을 위해서 애쓰셨던 분들의 이야기를 후손은 물론이고 주위의 많은 사람들이 알아주고 인정해 주기 위하여 학술 세미나를 연 해미 사람들의 모임인 (사)해미역사문화관리협회의 노력에 박수를 보내고 싶다.

역사 체험을 하는 공간을 해미읍성 안에 국한시키지 말고 해미 전체를 아우르는 나라사랑 정신이 깃든 여러 곳으로 확장시키는 것이 바람직하다. 나라를 지키려는 뿌리는 해미읍성에 있고 그 나무가 넓게 가지 쳐서 해미 전체를 덮고 있는 형상이기 때문이다.

해미초등학교에 걸린 '독립유공자 학교'라는 현판을 직접 학생들에게 보여줄 기회가 빨리 왔으면 좋겠다.

* 참고 문헌
  서산 해미독립운동사
  (사)해미역사문화관리협회 출판

호야나무 잎에 가을이 앉다

감옥 앞에는 300여 년 동안 슬픈 기억을 꾹꾹 누르며 서 있는 나무가 있다.

해미읍성 안 감옥 앞에 300여 년 동안 슬픔을 나이테에 꾹꾹 누르며 서 있는 회화나무는 서산지방의 사투리인 호야나무로 불리면서 이제는 호야나무로 부르는 것이 일반화되었다. 나무의 뇌와 심장은 어디에 있을까? 나무도 아픔을 느낀다고 하는데 심장과 뇌가 있었으면 벌써 고통으로 터져 버렸을 것이다. 자신의 몸에 매달려 고통받는 사람들을 보면서 나무는 얼마나 힘들었을까?

다만 묵묵히 서서 가지를 벌려 안아주며 위로해 줄 수밖에 없었을 것이다. 병인박해 때 순교한 천여 명의 신자들은 가시밭길을 헤

처가면서 그 역사를 전해줄 대상으로 호야나무에게 그 역할을 맡겼다는 것을 알고 있다.

호야나무 앞에는 감옥이 있다. 둥근 모양으로 되어 있는 것은 가운데서 망보는 사람이 잘 감시할 수 있게 만든 구조라고 한다. 끌려온 천주교 신자들은 처음부터 달아날 생각은 하지 않았다. 당당하게 오직 차별 없는 자유를 갈구할 뿐이었다. 쇠사슬에 손목과 발목을 묶여 무거운 쇠사슬을 질질 끌며 쓰러지고 또 쓰러졌다. 목에 나무칼을 쓰고 있는 사람, 형틀에서 주리 틀리는 사람의 비명 소리, 곤장을 맞으면서 울부짖는 소리가 감옥 밖 멀리까지 퍼져서 읍성안의 사람들을 공포에 떨게 했다.

이 감옥 안에서 울부짖는 사람들의 소리를 안 들으려고 호야나무는 귀를 막고 싶었을 것이다. 하지만 잎사귀마다 들리는 그 소리도 깊은 나이테 속에 묻어버렸다. 이제는 그 내용을 나이테에서 하나하나 꺼내어 말하고 있다. 여름에는 우거진 푸른 잎으로 그늘을 만들어 주면서 말하고 매서운 겨울 한파에는 가지 사이로 내달리는 바람으로 몸 전체를 떨면서 그들의 정신을 잊지 말라고 호소하고 있다.

호야나무에는 많은 옹이를 볼 수 있다. 동쪽에 난 커다란 옹이는 사람들을 매달아 놨던 가지가 꺾어지면서 생긴 흔적이다. 해미읍

순결한 탱자꽃

성에서 희생된 천주교 신자들의 아픔을 듣고 본 나이테는 고통으로 썩어 문드러져 버렸다. 썩은 가슴에는 차디찬 시멘트로 채우고 다시 허리를 곧게 세우고 힘을 내서 역사를 말해주고 있다.

해미읍성에서 많은 천주교 신자가 희생된 이유는 이곳이 호서좌영이어서 영장도 하고 치소가 읍성 안으로 들어왔으므로 현감도 겸하게 된 것이다. 겸영장이 하는 일인 사람들을 잡아먹거나 피해를 주는 호랑이도 잡고, 도둑이나 나라에서 믿지 못하게 하는 천주교를 믿는 사람 등 죄를 지은 사람들을 잡아들이는 역할을 토포사가 맡게 되었다. 그렇기 때문에 해미 주위에 있는 12개 현에서 토포사가 있는 해미읍성으로 죄인들이 끌려와서 희생된 것이다. 설명을 듣던 학생들은 호야나무가 불쌍하다고 안쓰러워하면서 잘 자라고 있는 호야나무를 위로해준다. 지나가다 옆에 서서 듣고 계시던 어르신의 눈가에는 살짝 그늘이 드리워졌다.

왜 천주교를 믿는데 벌을 주었는지 묻는 학생도 많다. 종교의 자유가 없던 때와 지금을 비교해서 말해준다. 목숨까지 내놓고 지킨 분들 덕분에 우리들이 자유를 누리게 되었다. 이 자유가 얼마나 소중한지 호야나무가 말없이 매일매일 외치고 있다.

감옥 마당에는 형틀이 있다. 어린 학생들은 누구는 거기에 누워있고, 누구는 옛날의 포졸처럼 친구를 곤장으로 때리는 흉내를 내

본다. 화로에 이글거리는 불이 담겨 있고 불에 달군 여러 개의 인두를 보고 설명을 들은 학생들이 얼굴을 찡그리며 고문당하던 천주교 신자들이 당한 고통을 안타까워했다.

그들이 그 안에서 고통 받은 수많은 사람들의 마음을 다 헤아리지 못해도 호야나무는 그들이 아픈 역사를 기억하는 모습을 기특하게 내려다본다.

호야나무 아래에 서면 몸 전체가 경건하게 바뀐다. 학자의 집 앞에 서서 글 읽는 소리나 들었어야 하는 학자나무가 역사의 증인이 되어 감옥 앞에 서 있는 모습은 어떻게 보면 자신의 책임을 끝까지 지켜내려고 굳게 서 있다는 생각이 든다. 고문당하던 사람들이 묶여 있던 가지는 슬픈 추억을 털어내듯 꺾여서 다른 장소에 보관되고 있다고 한다.

몇 년 전에 이 호야나무의 자손들을 나눠주는 행사가 있었다. 슬픔은 나누면 반으로 줄어든다고 했는데 이제는 슬픔은 날려 버리고 희망을 심는 자손 나무들에게 널리널리 기쁜 세상이 왔다고 많은 사람들에게 알려 주기를 바란다.

슬픔으로 자란 호야나무는 앞으로 행복하고 좋은 일을 기억하는 나무로 쑥쑥 자라서 잎에 앉은 가을을 보내고 푸른 계절을 맞이하기를 바란다.

순결한 탱자꽃

천년의 수령으로 해미읍성의 상징인 자연유산이 되어 오래오래
아프게 간 희생자들의 이야기를 들려주었으면 좋겠다.

* 학자들의 이견이 있는 내용은 제외하였음을 양해바랍니다.

해미읍성의 600년을 캐는 사람들

더위에 포위당한 여름날,
2024년 기후 반란으로 가장 뜨거웠던 여름을 보냈다.

　2024년 기후 반란으로 내가 살아 온 역사 이래 가장 무더웠던 여름을 보냈다. 무더위의 최고점이 계속 찍히던 8월 20일은 꼭 기억하고 싶은 날이다.

　해미읍성의 해자 발굴 현장을 직접 체험해 본 날이기 때문이다. 해자는 적의 침입을 막기 위하여 성 주위에 빙 둘러서 판 도랑을 말한다. 해자의 주된 목적으로는 외부의 침략으로부터 성곽을 방어하기 위한 것이다. 그 외의 다른 기능은 식수를 확보하고 성안의 물을 밖으로 버릴 수 있게 하는 용도로도 쓰였다. 현재는 성곽의 북쪽에 해자를 발굴한 후에 건(乾)해자를 복원해 놓은 상태이다.

이런 체험행사가 있다는 것을 알고 수업 날짜까지 어렵게 변경
해 놓고 소풍날을 기다리던 어린 시절로 돌아간 듯 그날만 기다렸
다. 드디어 그날이 오자 태양을 이기려고 얼굴에 선크림을 두껍게
바르고 챙 넓은 모자에 토시까지 끼고 출발하였다. 체험을 시작 하
는 시간인 오후 2시에 참석 못하고 5분 정도 지각하고 미안함에 주
차장에서 뛰다시피 하여 현장에 도착하였다. 그 행사가 8월 초부
터 시작되었다고 했지만 무더운 날씨 탓인지 아니면 우리에게 최
초의 체험자라는 자부심을 갖게 하려는 신의 도움인지 우리가 첫
테이프를 끊고 결승선에 도착했다는 것을 도착한 후에야 알 수 있
었다.

　참가자는 오직 우리 일행 두 명뿐이었다. 충남역사문화연구원
관계자들의 열렬한 환영과 친절한 설명에 흐르는 땀의 양 만큼 감
동도 배가 되었다. 텐트는 태양을 가려 주었지만 태양의 열기는 땅
까지 데워 놔서 위아래로 우리들은 찌는 듯한 더위에 포위되어 버
렸다.

　해자 발굴 체험 행사는 국가유산청, 한국문화유산협회, 서산시
에서 주최하였다. 주관은 충남역사문화연구원에서 수고해 주었
는데 그중에서 한 남자 연구원이 땀을 비 오듯이 흘려서 미안하면
서도 고마웠다. 연구원이 흘린 땀방울만큼 더 열심히 많이 배워 가
는 것이 그들에게 보답하는 것이라고 생각되었다. 해미읍성을 상

징하는 진남문과 성곽, 병사 모습, 축제 때 태종 행차 앞에서 연주하는 취타대원, 서산시의 상징 마스코트인 '해누리와 해나리', 서산시의 상징 새인 '가창오리와 장다리물떼새'의 도안 등이 준비되어 있었다.

그중에서 마음에 드는 꽃다발을 들고 있는 서산시 마스코트는 에코백에 그려 넣고 부채에는 진남문과 해미읍성 성곽을 예쁘게 꾸몄다. 그런 작업을 하는 동안에 해미읍성에 대한 많은 이야기도 나눌 수 있어서 정말 의미 있는 시간이었다. 같은 방향을 바라보는 사람끼리 통한다는 것이 실감이 되었다. 며칠 동안 잠을 못 자고 기다렸던 해자 발굴 현장 체험을 위하여 가림막을 치우고 들어서자마자 기쁜 마음으로 더위 따위는 생각할 겨를이 없었다.

여자 연구원이 직접 설명을 해주었다. 파헤쳐진 해자 안에 들어가서 11단씩 쌓인 돌도 보고 600년 전에 돌을 쌓은 방법도 확인 할 수 있었다. 돌 사이가 4m인데 서로 반대 방향을 향하여 쌓았다는 설명도 듣고 눈으로 확인하였다. 우리의 편리를 위하여 사용한 조명 시설과 배수 시설로 인하여 훼손된 부분도 볼 수 있었다. 개발의 뒷면에는 부작용도 있다는 것을 보면서 이런 일이 반복 안 되도록 하는 것도 시행착오 후에 얻게 되는 교훈이라는 것을 깨달은 순간이었다.

해자 깊이인 2m에 각기 다른 색의 흙이 600년 동안의 세월을 고스란히 나타내고 있었다. 이런 발굴 현장에 직접 들어가서 볼 수 있었다는 것도 감동스러웠는데 그 안에 들어간 모습을 여러 곳을 배경으로 해서 사진을 찍어 주었다. 하지만 머피의 법칙처럼 그날따라 내 스마트폰 카메라 상태가 안 좋아서 해설하면서 자신의 카메라로 다시 사진을 찍어 주었다. 그렇게 배려해 주지 않았다면 뿌연 안개 속에 서 있는 누군지 모르는 여자 사진만 남아 있을 뻔했다.

　안전을 위해서 두꺼운 안전화를 신고 중무장한 복장이니 얼마나 더웠을지 생각만 해도 미안한데 웃으면서 쉬지 않고 질문해도 다 답변해 주었다. 도리어 역사에 관심을 가진 체험자를 만나서 기쁘다고 말할 정도였다. 그곳에서 근무하는 연구원들은 자신들을 '땅속에 숨은 역사를 찾는 사람들'이라고 스스로를 말한다고 했다. 어렵게 기회를 얻었던 해미읍성 해자 체험 현장에서 구슬땀을 흘리면서 수고한 그분들을 위해서라도 더 열심히 역사를 알리는 역할을 하리라고 다짐했다.

　연구원에게 해자를 발굴한 후에 일부를 남겨서 찾아오는 사람들에게 해자의 속 모습을 보여 주지 않고 왜 다시 덮어 버리는지 궁금해서 물어보았다. 발굴 후에 해자를 다시 덮는 이유는 3년여 동안 어떻게 복구해야 좋은지 연구를 해 보고 옳은 방법을 찾아내서 복구를 하기 위한 것도 있고 방문객들의 안전을 위해서 다시 덮어 버린다고 말했다. 앞으로 해미읍성을 찾아갈 때마다 땀 흘리면서 땅속의 숨은 역사를 캐던 고마운 사람들이 떠오를 것 같다.

2014, 교황의 메시지

"삶은 혼자서는 갈 수 없고 함께 걸어가는 길이여야만 한다."

2014년 8월 17일에 바티칸국의 국가원수인 '성프란치스코 교황'이 '제6회 아시아 청년 대회 폐막 미사'를 위해 서산의 해미읍성을 방문하였다. 이번 방문은 교황으로 선출된 후 최초의 아시아 방문이었기 때문에 큰 의미가 있었다. 또한 교황의 방문 때 생각만 해도 10년이라는 세월이 흘렀지만 그 열기가 아직 까지 남아 있어서 후끈거릴 정도로 서산 시민 대부분의 큰 관심사였다. 하지만 장소의 제약으로 인하여 원하는 사람들이 모두 직접 교황을 만날 기회는 주어지지 못했다. 가까이에서 얼굴이라도 본 사람은 세상을 다 얻은 듯 기뻐하였다. 아직까지 종교를 갖고 있지 않은 상태지만 모든 종교의 궁극적 목적은 사랑이 아닐까 추정해 본다. 그렇기 때문에 꼭 천주교 신자가 아니어도 교황 방문은 큰 환영을 받은 것이다. 교황은 해미 방문 중에 해미순교성지도 방문하였다. 프란치스코 교황은 "삶은 혼자서는 갈 수 없고 함께 걸어가는 길이여야만 한다."는 메시지를 전했다.

이날 폐막식 미사의 강론 중 일부 내용은 다음과 같다.

우리는 깨어 있어야 합니다.

잠들어 있는 사람은 아무도 기뻐하거나, 춤추거나, 환호할 수 없습니다.

여러분의 친구들이, 직장 동료들이 그리고 여러분의 국민들과 이 거대한 대륙의 모든 사람들이 여러분에게 베풀어 주신 그 자비로 이제 그들도 자비를 입게 하십시오.

- 2014년 8월 17일
해미읍성에서 열린 청년대회 폐막 미사 강론 중 일부

이날 참석한 청소년은 순례길을 따라 걸어왔는데 23개국 2,000여 명에 이르렀다. 이들로 인한 날갯짓으로 이룬 후속 사업으로는 해미읍성 동쪽 (구)해미초등학교 자리에 '국제청소년센터'가 들어서 있다.

해미에서 순교한 신자는 1,000여 명에 달하는데 순교자 중에 이름이나 세례명을 남긴 순교자는 132명의 신자만 있을 뿐이다. 교황 방문 후에 해미순교성지가 교황청이 승인한 국제 성지로 지정되었다. 우리나라에서는 서울 대교구 순례길 이후 두 번째로 지정

된 것이다. 천주교 신자들은 물론이고 일반인들도 교황 방문 후를 기점으로 또 국제 성지 지정 후에 해미읍성을 찾는 사람들이 크게 늘어났다.

KBS 방송국에서 올해 8월 18일 교황 방문 10주년 기념으로 '열린 음악회'가 열렸다. 교황 방문 때만큼은 아니지만 전국에서 모여든 사람들이 7천여 명에 이를 정도로 대성황을 이루었다. 많은 인파가 모였음에도 질서 있게 입장하는 것을 보면서 우리나라 국민들의 높은 도덕성을 느낄 수 있었다. 해미읍성과 성지에 많은 사람들이 찾아오는 것은 순교한 사람들이 뿌려 놓은 자양분 위에 문화의 꽃이 활짝 피어나고 있기 때문일 것이다. 혼자가 아닌 모두가 하나가 되어 인간답게 살 수 있는 방법을 알고 실천하는 것이 인류가 해야 할 몫이다.

.

봉오리 터진 탱자꽃이다

요즘의 해미읍성은 활짝 피어난 탱자꽃이다.

서산에 해미읍성이 없었다면 서산은 어땠을까 하고 가정해 본
적이 있느냐고 시민들에게 물어 보고 싶을 때가 있다.

시대를 거슬러 조선 건국 초기로 올라가 본다. 백성들이 피땀 흘
려 농사지어 바친 세금인 곡식을 일본 해적들에게 빼앗기지 않기
위하여 성을 쌓으려고 태종은 그의 셋째 아들인 충녕 왕자를 데리
고 여러 곳을 물색한 끝에 해미를 적당한 장소로 선택하였다. 해
미라는 지명도 충청도의 정해현貞海縣에서 '해'자를 따오고 여미
현餘美縣에서 '미'자를 가져와 합쳐서 만든 이름이다. 해미현을 만들
고 관리를 배치했던 것 역시 왜구의 침입 때문이었으니 해미는 탄
생부터 나라를 지키기 위해 만들어진 고장이다.

예산군 덕산에 있던 병영성은 내륙에 있어서 바다에 나타나는 해적인 왜구의 약탈을 막는데 효과가 없다는 것을 깨닫고 해미에 성을 쌓은 후에 '충청병마절도사영'을 해미로 옮기고 230년 동안 유지해왔다. 이렇게 되니 한 고을 안에 충청병마절도사와 해미 현감이 함께 있게 되는 상황이 되었다. 그래서 해미읍성이 '충청병영성' 역할을 하고 현감은 성 밖의 반양리 치소로 옮기게 되었다. 하지만 임진왜란과 호란을 겪으면서 내륙도 피해를 많이 입자 해안의 방어에만 치중하면 안 된다는 것을 깨닫고 청주로 다시 병영성을 옮기고 해미에는 '해미영'을 설치했다. '해미영'은 충청도의 5개 진영이었던 홍주, 해미, 청주, 공주, 충주 가운데 하나인 '호서좌영'이라고 불리게 되었다. 호서란 제천에 있는 저수지인 의림호 서쪽에 있는 지방이라는 의미이지만 충청도를 달리 부르는 이름이기도 하다. 해미읍성 외삼문에 '호서좌영'이라는 현판이 걸려있다.

요즘의 해미읍성은 활짝 피어나는 꽃과 같다. 많은 관광객들의 웃음이 가득 차 있고 어린아이들의 재잘 거리는 말들이 통통 뛰어다니며 잔디밭을 뒹굴고 있다. 또한 각종 행사로 600년의 역사를 더 의미 있게 빛내 주고 있다. 아름다운 곳이 많은 서산에서 자신 있게 내세우는 '서산 9경' 중에 1경으로 뽑힌 곳이 바로 해미읍성이다. 나머지 8경들도 다 큰 의미가 있는 곳이지만 역사성이나 경관, 즐길 수 있는 모든 것을 갖춘 곳이라서 해미읍성은 서산 시민은 물론 외지에서 오는 관광객들로부터 큰 사랑을 받는 곳이다. 그런 이유로 역사를 배우려는 학생들이 가장 많이 찾아오는 체험 공간이 되었다. 학생들의 발자국 소리는 성벽을 쌓기 위해서 땀 흘린 조상들의 고생을 기억하려는 표현이라고 할 수 있다. 그들의 표현이 하나하나 모여 큰 역사의 흐름을 만들어 갈 것임을 우리들은 알고 있다. 학생들의 호기심에 가득 찬 초롱초롱한 눈망울과 들은 내용을 잊지 않으려고 준비해 온 종이에 적는 모습을 보는 내내 기특하고 뿌듯하다. 뜨거운 태양도 아랑곳 하지 않는 배움에 대한 열정에 내 노력도 함께 활활 탈 수 있게 불쏘시개 역할을 해주었다.

진남문 앞에서 역사 체험을 위하여 찾아오는 학생들이 관광버스에서 내린 후에 주차장을 출발하여 진남문을 향하여 조잘거리면서 걸어오는 것이 보이면 그때부터 내 심장과 읍성의 심장이 함께 쿵쾅거리며 뛰기 시작한다. 새롭게 만나는 학생들에게 해미읍성에 대해서 역사의 씨앗 하나를 선물로 줄 수 있는 날이기 때문이다. 그 학생들이 선물 받은 씨앗을 잘 키워서 큰 나무로 가꾸어 국가유산의 중요성과 앞으로 그들 앞에 펼쳐질 역사를 책임지고 이끌어 나가는 소중한 주인공들이기 때문이다.

해미읍성은 긴 세월 동안 조금씩의 보수를 해왔다. 현재까지 600년 전의 모양이 그대로 보전되고 있는 것은 진남문과 성곽뿐이다. 그렇기 때문에 진남문 앞에 서면 더 감성적으로 바뀌는 것 같다. 진남문은 서쪽에 있어도 진남문이라는 이름을 갖는다고 어떤 학자가 말했다. 북쪽에 계신 임금을 동쪽에 있다고 말 할 수 없기 때문이다. 임금에게 어떤 공격적인 것도 눌러야 하기 때문에 누른다는 진鎭자에 북쪽의 반대 방향인 남쪽 문이라고 해서 '진남문鎭南門'으로 칭하는 것이다. 그런 이유로 진남문은 고유명사라기보다 일반 명사라고 할 수 있다. '진남문'의 문루는 '진남루'이며 모양은 무지개 모양의 홍예문이다. 옛 사진에는 문루에 어르신들을 모셔 놓고 잔치하는 모습도 볼 수 있었는데 현재는 보존을 위해서 문루 위에는 출입이 금지되어 있다. '진남문' 안에는 이것을 받치고 있는 평평한 긴 돌에 붉은 글씨로 '황명홍치사년신해조皇明弘治四年辛亥造'라는 글씨가 새겨져 있다. 홍치는 명나라 황제의 연호로 홍치 4년은 조선 성종 22년(1491년)을 의미한다. 이 해에 '진남문'이 중수된 것으로 추정된다. 현판은 이진백이 쓴 것으로 전해진다.

자신이 원하는 방향으로 잘 찾아가라는 마음을 담아서 성곽 위에서 휘날리는 깃발의 색깔로 방위를 알 수 있다는 것을 설명해 준다.

해미읍성을 더 빛나게 하는 '미스터 션샤인'

외삼문에는 '호서좌영'이라는 현판이 걸려 있다.

해미읍성으로 걸어 들어가면 외삼문이 나온다. 외삼문은 팔작지붕으로 긴 장초석 위에 나무 기둥을 올려놓은 형태이다. 외삼문을 좌우로 빙 둘러 벽이 처져 있고 그 안은 동헌과 창고, 왼쪽으로는 관리들의 가족이 살던 살림 공간인 내아가 있다.

이곳이 2018년에 방영된 역사를 담은 드라마인 '미스터 션샤인'의 촬영 무대이다. 그 배경이 고풍스러운 담장과 동헌 앞이라는 것은 허구적이 아닌 현실을 옮겨 놓은 것과 같은 의미가 있다. 역사적 배경을 세트가 아닌 왜구를 막기 위하여 쌓은 성안으로 옮겨 놓았다는 것에 큰 반향을 일으켰다. 현대는 국가유산을 보존하는 것에서 벗어나 활용하는 방향으로 나가고 있는 추세이다. 또한 미디

순결한 탱자꽃

어와 밀접하게 살고 있는 사람들에게 해미읍성을 자연스럽게 널리 알리는 계기가 되었다.

주인공인 '유진초이' '미스터 션샤인'으로 불리는 사람은 실존 인물로 구한말을 배경으로 한 이 드라마는 '신미양요' 때 미국이 우리나라에게 통상을 요구하면서 조선의 강제 개항을 목적으로 강화도를 침공하였던 시기의 이야기이다. 노비의 아들로 태어나 주인이 부모를 죽이는 것을 목격하고 도망하여 선교사의 도움으로 몰래 군함에 올라가 미국에 도착한 후에 해병대 장교가 되어 자신을 버린 조선으로 돌아오면서 이 드라마는 펼쳐진다.

부잣집 지주의 손녀이지만 의병의 딸로 태어나서 갓난아이 때 부모를 일본군에게 모두 잃고 조국의 독립을 위해 꽃길 대신 총구에서 나오는 불꽃처럼 살고자 하는 아씨와 사랑에 빠진다. 양반과 노비의 사랑은 '강상죄'로 조선에서 용납이 되지 않는 사랑이다. 하지만 아씨는 그의 출신은 그의 잘못이 아니라며 사랑을 이어간다.

고종의 부탁을 받고 일제에 맞서는 청년들의 무관학교 교관 자리를 수락하고 난 후 궁에서 둘이 우연히 만나는 장면은 해미읍성의 동헌 밖이 배경이 되어 전개된다. 궁녀들이 함께 있어서 말 한마디 나누지 못하고 스쳐 지나가면서 애절하게 바라만 보는 절절한 사랑이 오얏꽃 아래서 완성되어 수많은 시청자들을 TV 앞에 앉혀 놓았다.

　무관학교 생도들은 수령의 집무 장소였던 동헌 앞뜰에서 훈련을
받는 장면을 찍었다. 이곳에서 훈련받은 청년들은 독립운동도 하
고 의병 활동에 기꺼이 동참하면서 자신의 몸을 불사른다. 조선 초
에 왜구를 막기 위하여 쌓은 병영성 안에서 600년이 흐른 후에 일
제에 나라를 빼앗겼지만 다시 찾기 위하여 힘을 기른 훈련 장소로
선택된 곳이 해미읍성이라는 것에 전율이 느껴진다.

　　* 당신은 당신의 조선을 구하시오.
　　　나는 당신을 구할 거니까.

　　* 당신은 계속 나가시오.
　　　나는 한 걸음 물러나니
　　　(독립운동을 하는 아씨에게 주인공 '유진 초이'가 한 명대사)

　　* 복수하려는 뜨거운 열정만으로 일을 도모하면
　　　소중한 것을 잃게 돼.
　　　(일본군에게 복수하려다가 실패한 무관생도에게 '유진초이'가 한
　　　명대사)

　드라마 주인공인 '유진초이'는 실존 인물로 미국 정부의 공식 문
서에 남아 있는 '황기환' 애국지사이다. 1886년 19살에 하와이로

유학하여 미군에 자원입대하여 미국 국적을 갖게 된다. 미군으로 입대하면 시민권을 쉽게 취득할 수 있고 독립운동을 수월하게 할 수 있었기 때문이다. '황기환' 지사도 '유진초이'와 같이 평행이론처럼 같은 인생을 살아간다. 종전 후에 유럽으로 가서 한국의 완전한 독립을 위해서 일했다. 그곳에서 그의 이름은 '얼 황'으로 불리었는데 얼(earl)은 백작을 뜻하지만 '얼'은 순우리말로 '정신의 줏대'를 뜻한다. 그가 말하고 싶었던 이름이라고 생각된다. 가족이 없었던 그는 1923년에 순국해 미국에 묻혀 있다가 100년 만인 2023년에 고국으로 돌아왔다.

누구는 총으로 누구는 펜으로 각자가 독립을 향하여 생을 불살랐다. 이 드라마에는 종군기자인 영국의 프레데릭 매켄지 기자가 찍은 유일한 의병 사진이 나온다. 각자 다른 복장에 남루한 행색이지만 의병들의 눈에서는 조국을 지켜내려는 의지의 불꽃이 이글거린다.

이 드라마에서는 모두가 주인공처럼 살아간다. 아씨의 큰어머니는 독립운동을 하다 결혼 석 달 만에 세상을 떠난 남편 대신 '청허정'에서 활 연습을 한다. 드라마 끝부분에 일본 군인들을 활로 대적하다 숨을 거두는 장면은 슬프지만 조국을 위해 뜨겁게 생을 마치는 모습은 찬란한 불꽃 같았다.

열강들의 세력 다툼 속에서 외세의 침략을 막아냈던 의병들과 성벽을 쌓은 수많은 사람들은 우리가 꼭 기억해야 할 이름이 알려지지 않은 영웅들이다.

순결한 탱자꽃

불을 깔고 사는 사람들

온돌은 물리적으로나 정서적으로나 따뜻하다.

　교육지원청에서 역사 해설 교사로 활동하기 시작한 것이 수년이 지났다. 학창 시절부터 역사에 관심이 많았기 때문에 해설을 하면서 즐겁게 학생들을 만나고 있다. 읍성 안에는 조선시대 생활 모습을 재현해 놓은 곳이 여러 군데 있다. 그중에서 대표적인 것이 민속 가옥이다. 민속 가옥의 지붕은 초가인데 읍성 근처에서 논농사를 지었다는 것을 추정 할 수 있다. 민속 가옥은 입구에서 첫 번째 집은 말단 서리의 집으로 규모가 작고 화장실에 문이 없는 것이 특징이다. 학생들은 그곳에 들어가서 까르르 웃으면서 신기해한다. 중간은 상인의 집이고 끝 집은 부농의 집을 재현해 놓았다. 민속 가옥에는 부엌에 아궁이가 있다. 그 당시에도 온돌을 사용했기 때문이다.

　올해 2024년부터 그동안 사용해 왔던 '문화재'가 '국가유산'으로 명칭이 바뀌었다. 국가유산은 문화유산, 자연유산, 무형유산으로 크게 분류한다. 그중에서 무형유산으로 당당하게 인정받은 것이 온돌이다. 온돌이란 사전적 의미로 말한다면 구들 고래를 만들고 고래 위에 구들장을 놓아 아궁이에 불을 때면 그곳을 통하여 받아들인 열을 구들장에 저장하는 것이다. 구들장에 저장되었던 열은 서서히 복사열을 방출하여 방바닥이 따뜻해지도록 고안된 난방구조이다. 온돌 문화야말로 지혜로운 우리들의 유산인 것이다.

　온돌은 물리적으로 따뜻한 것만이 아니라 삶에 녹아 있는 정서로도 따뜻하게 해주는 것이 많아서 과거의 온돌방 생각만 해도 저절로 행복한 미소가 떠오른다. 어릴 적 초등학교에 다닐 때 겨울이 되면 추위에 덜덜 떨면서 집에 오면 따뜻한 아랫목에 아버지께서 앉아 계셨다가 찬 손을 갑자기 더운데다 넣으면 아리다고 손으로 열이 날 정도로 비벼 주셨다. 그런 후에 아버지께서 앉아계셨던 아랫목에 손을 넣도록 해주셨다. 우리 남매들이 빙 둘러앉아서 손을 녹이고 있노라면 겨울의 추위는 그 속에서 사르르 녹아버렸다. 가족 중에 식사 시간에 함께 먹지 못한 경우에 보온 할 방법이 특별한 것이 없었던 때라 퍼 놓은 밥은 뚜껑을 닫아 아랫목에 묻어 놓았다. 플러그만 꽂으면 보온이 되는 밥솥이나 편리하게 빠른 시간 안에 데울 수 있는 전자레인지가 뭔가 허전하다는 느낌이 드는 것은 추억이 묻어있지 않기 때문인 것 같다.

아랫목의 온기는 온돌과 아궁이가 함께 만들어 낸 걸작이다. 예전에는 주변 산은 벌거숭이가 대부분이었다. 산에 나무가 없다시피 하니 땔나무도 부족할 수밖에 없었다. 겨울 새벽에 일어나서서 소밥을 큰 가마솥에 끓이고 가족들이 사용할 물을 데우기 위하여 불을 때면 그 전날 저녁에 달아올랐던 온돌의 온기가 식어 가다가 다시 아랫목에 온기가 되살아난다. 창호지를 바른 여닫이문만 열면 바로 밖의 추위가 바로 방안으로 들어 왔기 때문에 온돌의 역할은 아주 중요하였다.

이글거리는 장작불은 아주 드물게 볼 수 있는 풍경이었다. 주로 땔감으로 사용하는 것은 콩깍지, 깻단, 볏짚 등이었다. 볏짚에는 타작 때 남았던 벼가 몇 알씩 붙어 있어서 아궁이 속에서 튀겨지면서 흰 꽃 모양으로 활짝 피어났다. 뜨거운 불 속에서 피어난 흰 꽃을 꺼내어 먹으면 손에 검댕이가 묻어도 행복했던 시절이었다. 아궁이는 온돌을 덥히는 역할 뿐만이 아니라 취사도 겸할 수 있었다. 밥이나 반찬은 주로 불을 때서 만들었는데 아궁이에 불을 끌어내어 된장찌개도 끓이고 김이나 생선도 굽곤 하였다. 난방과 취사의 두 마리 토끼를 한꺼번에 잡는 과학적인 방법이었다.

온돌 사용은 중국이나 일본에서도 사용하지 않는 우리나라 고유의 생활방식이었다. 추운 나라에서는 난로를 사용하여 대류의 원리로 실내를 덥히는 방식을 이용하였다. 현재는 중국의 고급 아파트는 모두 온돌 방식으로 짓고 있는 것은 물론이고 유럽에서도 온돌 방식을 사용하는 나라가 늘어나고 있는 추세라고 한다. 온돌, 한글, 태권도, K팝, K음식 등으로 세계 문화의 흐름을 주도하는 한류열풍이 계속 확산되고 있다. 우리 민족의 우수성이 여기저기서 빛나고 있다.

정약용의 시에서 피어난 탱자꽃

조선 22대 왕인 정조를 좋아해서 한동안 그 시대에 머물면서 맴돌았다.

사도세자를 위해서 제 2의 도시를 건설하려던 정조에게 제일 믿을 수 있었던 인물이 다산 정약용(1762~1836)이었다. 수원 화성을 설계하고 쌓을 때 거중기를 이용하여 2년이라는 단기간에 완벽하게 성을 쌓아서 정조의 꿈을 실현 시켜준 것은 널리 알려져 있다.

인간의 능력은 노력이 더해지면 더 높아지겠지만 타고난 것이 더 큰 몫을 차지한다고 생각된다. '레오나르도 다빈치'가 태어난 후부터 500여 년 동안 그를 따라올 사람이 없을 정도로 인간 지능의 최고치를 찍은 사람으로 불리고 있다. 서양에서 이런 인물이 있었다고 우리가 부러워하지 않아도 되는 것은 우리 역사에도 그와 버금가는 사람인 정약용이 존재했기 때문이다. 신유사옥 후에 강진으로 유배를 가서 생활하는 동안 그는 자신만의 학문체계를 완성하였다. '경세유표'에서 양반 및 상공 계층을 제외하고 농민에게 토지를 갖게 하고 농업을 통한 상업적 이윤을 추구해야 한다고 밝힌 부분은 시대를 앞서간 판단이었다는 것을 알 수 있다. 나랏일을 보는 사람들의 지침서인 '목민심서'와 법 분야에서는 '흠흠신서'를 저술하여 사회 전반적으로 구체적인 해결 방안을 제시해 주었다.

그는 1789년(정조 13년) 문과에 급제하여 예문관이 된 지 열흘도 지나지 않았을 때 천주교 교인이라는 죄명으로 해미읍성에 유배를 오게 되었다. 천주교를 믿은 것이 아니라 서학으로만 받아들였다고 하여 유배 기간이 열흘로 끝났지만 그 짧은 기간 동안에 해미를 잘 표현한 시를 지어서 깊은 발자국을 남겼다.

해미의 귀양지에서 지은 잡시[海美謫中雜詩]

빙 두른 외론 성 탱자꽃이 피었는데
포구의 조수 빛이 새파랗기 술잔일레
적막할 사 봄 진흙 붙어 있는 깨진 난간
백 년 이래 바닷물 들어오지 않았나 봐
꽃 지고 꾀꼬리 우는 한 뙈기 터 옛집에
약천옹의 남긴 자취 다분히 느껴졌네

(중략)

아침 밥상 밀즉蜜喞을 뉘라서 탐을 내리
석화가 이제 금방 성연에서 들어오니
갯가 보리 누럴 무렵 그 맛 한결 높고말고

* 출처 : 한국고전번역원. 다산시문집 제1권(1994)

 다산이 위 시에서 약천옹을 언급했는데 시조인 '동창이 밝았느
냐 노고지리 우지진다'를 지은 분으로 널리 알려진 남구만(1629~1711)
의 호이다. 약천은 서인의 중심인물이었으며 김장생의 문하생이
었던 송준길의 학문을 배웠다고 전해지고 있다. 약천은 다산보다
160여 년 앞선 시대에 살았지만 현재 해미면 산수리 영당골에서
말년의 한 때를 보냈던 약천을 해미읍성에 유배 와서 떠올렸던 것
이다.

 지금도 그곳에 가면 약천의 유허비가 밭 가운데 쓸쓸하게 서 있
다. 두 번이나 그곳을 찾아갔었는데 다산도 내가 좋아하는 사람을
생각했다는 것이 신기하였다. 역사는 보이지 않는 끈으로 우리 모
두를 연결하고 있다는 생각이 든다.

해미읍성,
탱자꽃봉오리 터지다

김인숙 수필집

2부

아버지의 아름다운 여행

아버지의 아름다운 여행

    내가 알고 있는 아버지 여행의 출발지는 우리 집 건너편에 있는 할아버지 댁이다.

    지금은 쇠락해서 주인이 바뀌고 할아버지 댁은 옛 모습을 찾아볼 수가 없다.

    지금은 그 자리에 근사한 양옥이 들어서 있는데 할아버지 댁에 대한 추억까지 깨끗한 페인트로 칠해진 기분이 든다.

    친정집에는 두껍고 뒷면에 칠이 벗겨져 얼굴이 찌그러져 보이는 투박하게 생긴 큰 거울과 언제나 배고파해서 밥을 주어야만 시간을 알려주는 괘종시계가 있다. 서울에서 사시던 아버지께서 6.25 사변이 일어났을 때 어머니와 여덟 살이던 큰언니와 둘째 언니만

서울에 남겨둔 채 급히 몸을 피하느라고 허둥지둥 고향으로 내려
오셨다. 그 때 서울 살림살이를 몽땅 남겨둔 채 자전거에 싣고 오
신 물건이 바로 거울과 괘종시계와 아버지의 머나먼 여정을 편하
게 도와주었던 구식 자전거이다. 아버지의 과거 생활을 알려주는
한 가지가 더 있다. 어린 우리 남매들이 들기도 힘들었던 청동 재
떨이가 바로 그것이다. 거기에는 자세히 기억은 안 나지만 도량형
회사라고 새겨 있었던 기억이 난다. 바로 아버지의 젊은 시절 직
장이 표준저울을 검사하던 곳이었다고 하니 우리들이 아버지의
과거에 대한 추억의 말씀과 존경심을 충분히 뒷받침 해 주는 증거
의 물건인 것이다.

  그 시대 다른 사람들에 비해 부유하게 지내셨던 아버지는 전쟁
상황에 모든 걸 빼앗기고 고향인 서산에 정착하셨다.
  할아버지께서는 5남매를 두셨는데 오직 장남인 큰아버지에게
만 거의 모든 재산을 물려주시고 아버지께서 받은 재산은 지금은
도로가 되어 흔적도 없어진 방죽개 왕골논 한 뙈기였다고 한다. 어
떻게 생각하면 자립심을 주신 할아버지가 고마우면서도 야속함은
가끔씩 하시는 어머니의 넋두리로 하소연 할 때마다 속으로 할아
버지를 미워했던 생각이 난다, 그럴 때면 아버지는 옆에서 지그시
눈을 감고 "어흠, 어흠" 헛기침만 할 뿐이었다.

  서툰 아버지의 가장 고달픈 여행 과정은 아마 고향에서 살기 시

작한 그 때부터였던 것 같다. 한 달이나 걸려서 어린 두 딸을 데리고 뒤따라 피난 내려 온 어머니와 함께 흙으로 토담집을 지어 고생스런 시골 생활을 시작하셨다. 지금도 어린 시절 생각이 난다. 벽에 기대고 앉으면 옷에 묻어나던 흙가루가 창피하였다. 개흙이라고 고령토 비슷하게 회색빛이 나던 흙을 산 밑에서 파다가 벽에 칠해서 조금은 모양을 내시려고 노력하셨지만, 하얀 회벽 칠을 한 아버지가 면장인 친구 집에 비하면 너무나 초라했던 우리 집이었다.

딸들은 서울에서 둘, 시골에서 넷을 더 낳아 딸 여섯인 딸 부잣집이 되었는데 그 때 어머니는 물론 아버지의 마음고생은 어떠셨을까? 그러나 살아오면서 딸이라고 차별 두지 않고 키워주신 아버지셨다. 여름밤 마당에 밀짚 방석을 깔고 누워서 밤하늘을 보면 날아다니는 반딧불이 보다 더 많이 쏟아질 것 같이 박혀서 빛나던 별이 보였다. 매캐한 모깃불 때문에 눈물, 콧물 나면서도 아버지의 구수한 얘기를 듣는 것을 얼마나 좋아했는지 모른다. 축축하게 밀짚방석에 이슬이 내리고 우리들이 하나 둘 잠이 들면 아버지는 한 명씩 업어서 방안에 살며시 눕혀주셨는데 넓은 아버지의 등이 좋아서 잠이 깨있었어도 잠든 척 하고 있었다.

우리들의 몸무게만큼 무거웠을 아버지의 어깨를 누르던 삶의 무게도 아버지는 사랑으로 녹여 내셨다.
추운 겨울 학교에서 돌아오면 아랫목에 앉아 계시다가 차가운 우리 손을 먼저 손으로 비벼서 녹여 주신 후에 솜바지를 입은 따뜻한 엉덩이 밑의 아랫목에 손을 넣도록 해주셨다. 아버지 둘레에 빙 둘러 앉아서 조잘대면서 보낸 겨울은 춥지만 따뜻하였다.

내가 결혼을 하여 낳은 삼 남매가 어렸을 때 겨울이 되어 찬 손을 쑥 내 옷 속에 밀어 넣을 때 애들의 손을 빼려고 하다가도 아버지 엉덩이 밑, 아랫목의 따뜻함을 잊을 수가 없어서 그냥 혼자서 웃으며 찬 느낌을 참아내곤 하였다. 아버지의 다정하고 인자한 성품이 내 생활에 묻어나기를 바라는 마음이 앞섰기 때문이다.

정말 늦은 나이인 쉰 살에 아버지는 막내로 아들을 낳으셨는데 아버지는 할머니의 선물이라고 무척이나 고마워하셨다. 딸만 여섯이나 있으니 첩이라도 얻어 아들 낳으라고 주위에서 부추기고 압력을 넣었지만 할머니와 아버지는 언제나 어머니편이 되어 주셨다. 할머니께서는 죽어서라도 꼭 아들을 낳게 해 주신다면서 돌아가셨는데 그 이듬해 어머니께서 태기가 있으셨으니 정말로 할머니께서 선물로 보내 주신 게 틀림없는 것 같다. 입 밖에 한 번도 아들 원하는 말씀을 안 하셨던 아버지도 어린 남동생 고추를 몇 번씩이나 보셨다니 그 기쁨은 무척 크셨을 것이다.

집 옆의 언덕에서 탈 수 있게 손수레도 만들어 주시고, 연, 썰매, 팽이 등 정성으로 자식 위해 만들어 주신 장난감 덕분에 우리들의 어린 시절은 언제나 신나고 즐거웠다. 겨울에 아궁이 앞에 구슬 놀이를 하도록 구멍을 만들어 줄 정도셨다. 공부하려는 자식을 위해서 직접 못으로 뚫고 노끈으로 철해서 단어장도 만들어 주셨는데 그 단어장은 조카가 외할아버지가 그리울 때마다 볼 거라면서 가져갔다. 나는 아버지께서 쓰신 책을 몇 권 가져왔다.

　며칠 전에 책 정리를 하다가 아버지가 마지막으로 주신 용돈 봉투를 꺼내 보았다. 지금은 사용하지 않는 구권인 만 원짜리 세 장이 멋들어진 아버지 필체로 쓰신 내 이름이 적힌 봉투에 들어있다. 하지만 아버지께서 마지막에 주셨기 때문에 20여년이 흘러도 내 책갈피에 꽂아 놓고 아버지가 생각 날 때 마다 꺼내 보곤 한다. 성실하시며 근면하셨던 아버지는 언제나 일을 찾아서 하셨는데 지게에 산만큼 높은 땔감 나무며, 소 먹일 꼴이며 지고 올 때에는 아버지의 다리는 아름드리나무를 연상하게 굵으셨다. 포장나무라고 잘라 온 활엽수를 마당에 말릴 때, 운이 좋은 날에는 개암 열매도 있었는데 본인은 드시지 않고 우리에게 따서 주셨다. 고소한 그 맛은 지금도 입속에서 기억하고 침이 고인다.

　자식이 원하는 것은 고생스러워도 다해주려고 노력하셨고 가족을 위해서 평생을 쉬지 않고 열심히 살아오신 아버지는 이제 백발의 머리에 쪼그라진 볼과 'ㄱ'자 모양이 되신 허리로 몇 발자국 걷기도 힘드셔서 부축해 드리는 내 손을 꽉 잡고 의지해서 걸으시는 할아버지가 되셨다.

거친 손, 가늘어진 다리, 그러나 아버지의 웃는 모습은 해맑은 어린아이보다 더 천진하시다. 그래서 내 딸 아이는 친정에 다녀 온 날은 "엄마, 귀여운 외할아버지 보고 싶다. 난 외할아버지가 세상에서 제일 좋아" 한다.

여행 끝에 와 계신 아버지께서는 언제나 전화 받으실 때 소리가 잘 안 들려도 "고마워"를 연발하신다. 비록 귀로는 못 들으셔도 마음속으로 크게 외쳐 본다. "아버지의 딸로 태어나서 행복했고 함께 여행해서 즐거웠어요."

일본을 넘보다

　여행은 무릎이 떨리기 전 가슴 떨릴 때에 떠나라고 했다. 장거리 여행은 체력이 받쳐 주어야 하기 때문일 것이다. 10여 년 전에 미국을 다녀온 후에 우연히도 여권 갱신 시기에 맞게 떠나게 된 여행 덕분에 새로운 여권을 발급받아 일본 여행을 가게 되었다.

　이번 여행은 다른 여행과는 다르게 큰 의미가 있는 여행이었다. 바로 남편의 환갑을 기념하기 위한 것이기 때문이다. 남편은 무슨 여행이냐면서 사양했는데 부탁하다시피 하여 허락을 받아냈다. 대부분 환갑은 자식이 챙겨 주지만 사정이 있는 관계로 그 몫을 아내인 내가 해야 하는데 고맙게도 작은 시누이가 나서서 형제들이 함께 가는 가족 여행을 추진해 주었다. 시어머니께서는 함께 가시지 못했지만 즐겁게 다녀오라면서 돈도 쾌척해 주셨다. 30여 년 전에 일본 여행을 갔을 때는 시부모님과 시고모님, 시숙부 내외분들과 함께 다녀왔는데 여행기간 동안 어려운 시댁 어른들과 친밀해지는 계기가 되어서 이번 가족 여행에 거는 기대가 높았고 기다려졌다. 3박 4일의 짧은 기간이었지만 다들 하는 일이 바쁘다 보니 시간을 조율하는 것이 어려웠다. 결국 교사인 남편의 여름방학 기간으로 날을 잡았다. 여행을 떠나기 며칠 전부터 필요한 물건과 준비할 것들을 시동생과 동서가 먼저 공지해 주어서 신경 쓸 일이 별로 없었다. 시동생이 요코하마시립대학교에서 교수로 재직하고 있기 때문에 안내는 시동생이 맡아서 해주기로 했다.

8월 6일 일요일 오전 8시 비행기라서 여유 있게 출발하려고 4시 30분경에 집을 나섰다. 어둠을 뚫고 달리면서 차 안에서 붉게 떠오르는 태양을 감상하는 맛은 색달랐다. 김포공항에 먼저 도착한 가족들이 그쪽 정보를 계속 제공해 주어서 수월하게 도착하였다. 공항에 들어서자 집에서 하던 모든 걱정들이 다 사라지고 여행에 대한 기대감만 꽉 들어찼다.

서산에서 대전 가는 시간보다 30여분 더 걸린 2시간 10분 만에 하네다 공항에 도착하니 시동생과 동서가 마중 나와 있었다. 시아버지 제사인 4월에 만난 후에 몇 달 만에 만났지만 외국에서 만나니 더 반가웠다. 차에 오른 후에야 안부를 서로 나누며 동서가 준비한 간식을 먹었다. 간식으로 준비한 그곳 옥수수는 씹으면 차진 우리나라 옥수수와 다르게 생옥수수 씹는 느낌이었으나 당도는 높았다.

온천으로 유명한 관광지인 하코네[箱根]로 향하였다. 가는 길은
대관령을 가는 것처럼 길이 구불구불했다. 하지만 길가의 나무들
이 울창하고 지나가는 차가 드물어서 창문을 열고 맑은 공기를 마
시며 목적지를 향하였다. 그런데 그곳에 거의 도착할 즈음에 먼저
도착한 관광객들이 탄 차가 밀려서 막힌 관계로 한참이 걸려서 오
와쿠다니[大涌谷]에 도착하였다. 그곳은 화산 활동이 계속되는 지역
이라서 내뿜는 유황 냄새의 수증기와 하늘의 구름이 맞닿아서 장
관을 이루고 있었다. 태양은 이글이글 타고 양산을 써도 피할 수
없는 더위에 고생하는 것을 보상해 줄 구경거리가 사라져 버렸다.
바로 달걀을 쪄서 먹을 수 있는 장소가 화산폭발 위험으로 접근금
지 되어 있었기 때문에 아쉽게도 가까이에서 볼 수가 없었다. 하
지만 다행스럽게도 유황온천 물에 찐 검은 달걀을 사먹고 달걀상
앞에서 기념사진을 찍어서 위안이 되었다.

나무 그늘 하나 없어서 마땅히 쉴 공간이 없는 관계로 기념품 가
게에 들러 구경도 하고 더위도 식혔다. 그다음 코스는 아시노코[芦
ノ湖] 호숫가에 위치한 하코네신사[箱根神寺]였다. 신사에 오르는 계단
양옆으로 몇 아름드리 삼나무와 이끼가 양탄자처럼 깔려서 마음
이 정화되는 느낌이 들었다. 다른 사람들과 다르게 이끼 앞에서 사
진을 찍으니 연두색 물이 가슴에 스며드는 것 같아 기분이 좋았다.
특히 그곳은 습하고 오염이 안 된 지역이라서 그런지 우리나라에
서는 항암 식물이라고 선호하는 일엽초가 많아서 얕은 지식으로

일행들에게 설명을 해주었는데 모든 나무뿐만 아니라 석등의 머리에도 초록색 모자를 뒤집어쓴 모양으로 일엽초가 나있어 기껏 소개한 내가 머쓱해질 정도였다.

신사에 대한 특별한 감정이 없는 나로서는 임신부들이 기도드린 다는 두어 사람이 들어가도 남음 직하게 큰 구멍이 난 나무와 하늘을 찌를 듯하게 높아서 끝이 보이지 않는 나무들에게만 관심이 갔다. 일본 땅은 화산 활동으로 청년기에 해당하는 비옥한 땅이라서 모든 식물이 잘 자란다고 했다. 나무에 대한 감동은 신사에서 그치지 않고 삼나무 가로수 길을 찾았을 때 절정에 이르렀다. 412 그루의 어른 몇 아름드리의 삼나무가 늘어서 있는 이곳은 1618년 하코네마치가 열린 구 토카이도 도로를 따라 심어졌다. 여름에는 이곳을 찾는 사람들에게 휴식을 주고 겨울철에는 많은 눈으로부터 도로를 보호해 주는 역할을 한다고 했다. 우리 가족들은 나무의 크기에 놀라서 감동하며 껴안고 사진 찍고 담소하며 그 길을 따라 추억을 밟으며 걸었다.

신사 주변에 있는 아시노코芦ノ湖호수 구경을 하였다. 그 호수는 4천 년 전 화산 활동으로 만들어졌는데 주위가 20km에 달하고 수심이 43m나 된다고 했는데 호숫가에 관광객들이 많이 찾아와서 더위를 식히고 호수에는 유람선이 떠다녀서 한 장의 풍경화를 감상하는 느낌이었다.

하코네 세키쇼[關所: 검문소]는 울타리나 건물이 모두 검은색이어서 인상적이었다. 도쿠가와 지방의 영주가 신하의 반란에 대비해서 설치한 것이라고 하는데 1619년에 설치하였고 1964년에 다시 재건했다고 적혀 있었다. 이 관문소의 다른 역할은 다른 성으로 이주하는 것을 막기 위함이라고도 했는데 국경 역할을 했던 곳이라는 생각이 들었다. 그 안에는 작은 기념품 가게가 있었는데 관광객은 별로 보이지 않았다.

첫날 숙소는 온천여관 유사카쇼[溫泉旅館 湯さか莊]로 깨끗한 건물 앞에 멋진 소나무가 서 있어서 그림 같은 모습이었다. 식사 때는 아기자기하게 작고 예쁜 그릇에 소량의 음식이 담겨져서 코스로 제공되었다. 집을 떠나서 음식 장만을 않고 대접을 받으니 왕의 만찬이 부럽지 않았다. 푸짐한 우리나라 음식 정서와는 달랐지만 조금씩 먹어도 계속 나오는 대로 먹으니 배가 불렀다. 저녁 식사 후에는 가족 노천 온천을 예약해서 노천욕을 즐겼다. 예전에 일본에 왔을 때는 눈을 맞으며 온천욕을 했는데 지금은 뜨거운 온천물에 시원한 바람이 불어서 그때와는 다른 새로운 느낌이었다.

8월 7일, 이튿날에는 오다와라성[小田原城]을 찾았다. 이 성은 15세기 중엽에 오모리[大森] 가문이 축조한 성으로 호조 소운부터 시작되는 오다와라 호조[北条] 가문의 본거지가 된 이후에 간토 지방 지배 거점으로 정비된 일본 최대급 성곽으로 구축되었다고 한다. 지붕의 날렵함과 석축 모서리를 날카롭고 각지게 쌓은 모양이 우리나라의 건축양식인 둥글고 원의 느낌인 부드러움을 나타내는 것과 많이 달라보였다. 그 성은 5층으로 구성되어 있었는데 북조의 1대부터 6대까지 통치하던 성주의 사진과 미술 공예품, 성의 발굴 조사 성과를 소개하였고 천수각을 재현해서 전시하고 있었다.

가마쿠라[鎌倉] 지역에 있는 일본의 국보인 다이부쯔[大佛]를 찾았다. 이 불상은 청동으로 되어 있었으며 받침대를 포함한 높이가 13m, 무게가 122톤으로 그 크기가 엄청 커서 놀라웠다. 그 규모 못지않게 관광객들도 많이 모여 북적였다. 최초의 대불은 목조로 1243년에 완성했지만 태풍으로 붕괴되어 1252년에 새로이 청동제로 건조를 시작, 완성된 시기는 알려지지 않았다. 불상 안에는 꼭대기까지 올라갈 수 있게 좁은 계단이 되어 있었으며 더운 날씨 때문에 속은 뜨겁게 달구어져 등 뒤에 두 개의 창문을 만들어 열어놓아 열을 식혀주고 있었다. 대불을 배경으로 여러 컷의 사진을 찍으며 즐거워했는데 대불 뒤쪽의 특별한 건물을 보여준다는 시동생을 따라가 본 곳에서 속상한 일이 일어났다.

우리에게 보여준 건물은 일제강점기 때에 그들이 건물을 다 해체해서 가져다가 다시 조립해서 세워 놓은 건물이라는 것이었다. 우리나라의 유산인 건물이 왜 조국을 떠나 그곳에 있어야 하는지 가슴이 먹먹해졌다. 대불 근처의 가게들은 많은 관광객에 비해 규모가 작았으며 물건이 몇 개 진열되지 않아서 어떻게 유지될까 궁금해졌다.

하세[長谷] 데라[寺] 안의 문고 보관소라는 곳에 들어갔는데 그곳은 이끼와 모래로 조성된 정원이 꾸며져 있었다. 이끼를 좋아하는 나로서는 구경해 보고 싶었던 것을 감상할 수 있어서 기분이 좋았다.

선물을 사려고 찾아간 곳은 가마쿠라 역에서 이어지는 고마찌도오리[小町通り]의 마메야[豆や]라는 가게로 콩을 가공해 만든 많은 종류의 과자가 준비되어 있어서 시식한 후에 마음에 드는 종류를 구입 할 수 있었다. 온 정신을 새로운 것을 구경하는데 쏟아서인지 노곤해지려고 할 때에 '숲속의 집'[森의家]인 숙소로 갔다. 집 이름처럼 숲속에 있어서 태풍 노루가 우리나라와 일본을 지나가는 때였지만 간접 영향으로 나무만 조금 심하게 흔들릴 정도로 아늑한 곳이었다. 식사 후에 녹차를 마시며 다음날 일정을 위하여 재충전하는 시간을 가졌다. 그 숙소 안의 온천에서 목욕한 덕분에 개운하게 자고 다음날 아침에는 숙소 주변의 숲길을 산책하였다. 나무 종류가 모두 우리나라 것과 같아서 우리 집 뒷산을 걷는 기분이었다.

8월 8일 셋째 날은 동경을 관광하였다. 차를 타고 지나가는 길에 황거皇居 옆을 지나갔는데 잘 꾸며진 궁 주변 사방을 물길로 에워싸게 하여 적의 침입을 막았다는 해자가 설치되어 있었다. 일본의 고속도로는 통행료가 대단히 비싸고 통행료를 받는 사람들이 나이 든 남자들이 대부분이었으며 접시에 돈을 받는 것이 인상적이었다. 그리고 길가에 한 대의 차도 주정차 되어 있지 않았다. 새 도로만 생기면 주차장이 되어버리는 우리나라와 비교되어 그 점은 그들이 부러웠다.

국회 앞과 관청가를 지나서 우에노[上野]공원에 도착하였다. 봄에는 벚꽃 축제로 앉을 자리를 확보하기 위하여 전날부터 가서 자리를 차지해야 한다는데 꽃이 진 자리에 잎만 무성하여 그들이 우리들에게 햇빛을 가려주어서 꽃을 감상 못 하는 아쉬움을 달래 주었다. 조경은 약간 엉성하게 꾸며져 있었는데 넓은 공간이 확보되어 시민들의 휴식 공간이 마련되어 있는 것은 좋아보였다. 뜨거운 날씨에 위안이 되는 것은 커다란 부채 같은 잎과 예쁜 꽃이 한들거리는 연꽃이었다. 연꽃 너머에 있는 건물이 동경대학교라고 가르쳐 주어서 기념으로 사진 한 장을 찍었다.

크고 붉은 등이 걸려 있는 사진으로 유명한 아사쿠사[淺草]에 들어서면 상가들이 늘어선 나까미세통[仲見世通り]이 있다. 그곳에는 길 양편으로 각종 선물과 먹을 것을 파는 가게가 죽 늘어서 있었는데 붕어빵과 비슷한 것을 만드는 직원이 일일이 손으로 하나씩 짤 주머니를 짜서 빵을 굽는 모습을 보고 큰시누이가 우리나라의 붕어빵 만드는 사람들이 짤 주머니를 매달고 쉽게 만드는 것과 비교된다면서 우리나라 붕어빵 만드는 사람들의 효율성 있는 작업 능

력을 칭찬해서 우리 모두 맞는 말이라며 한바탕 웃었다.

그곳에는 관광객을 실어 나르는 인력거가 있었는데 그것을 끄는 사람들은 둥근 모자를 쓰고 말발굽 모양의 천으로 된 신발을 신고 땀을 뻘뻘 흘리며 인력거를 끌고 있었다. 어디에도 힘들게 일하는 사람이 있구나 생각하면서 다시 한번 더 쳐다보았다. 상가 길은 관광객으로 넘쳐나서 걷기가 힘들 정도였는데 사드 때문에 우리나라를 외면하는 관광객들이 거기로 다 모인 것 같아서 마음이 편치만은 않았다.

상가들이 늘어선 거리를 지나 안쪽에 있는 센소지[淺草寺]에 들어서자 수많은 관광객들이 동전을 커다란 시주함에 던지면서 소원을 비는 모습을 볼 수 있었다. 일본의 종교는 대부분 불교인 것 같았고 건물 위에 십자가가 걸린 모습은 찾기 힘들었다. 동경을 벗어날 즈음에 차 안에서 누워야 끝이 보일 정도의 뾰족한 조형물이 보였는데 그것은 높이 634m의 전파탑인 '스카이 트리(TOKYO SKYTREE)'라고 하여 모양에 맞는 이름이라고 생각하며 그 높이에 놀라 안 보일 때까지 쳐다보았다.

저녁 식사는 요코하마 시동생 집 근처에 있는 회전 초밥 집에서 좋아하는 초밥을 마음껏 먹었다. 식탁마다 뜨거운 물이 나오는 수도가 설치되어 있어서 한 가지 회를 먹으면 다음에 먹을 회 맛을 제대로 느끼려고 녹차를 마셔서 입을 헹구어 내는데 그 녹차 맛이 정말 좋았다.

3일째 밤은 시동생 집에서 묵었다. 그곳에서 그동안 밀렸던 빨래도 하고 편히 쉬니 어느 곳보다 마음이 편하였다.

동서가 시동생과 함께 안내도 하고 비디오도 찍으며 우리들을 대접하느라고 힘들었을 텐데 여러 가지 음식을 장만해 주어서 모처럼 맛있는 한식을 먹으니 힘이 났다.

8월 9일 마지막 날은 요코하마에 있는 소묘지[稱名寺]를 찾았다. 이곳은 중세 시대 최초의 정원이 있는 곳으로 넓은 연못에는 구름다리가 놓여 있었고 건물의 지붕은 와라부키라는 우리나라의 왕골 비슷한 식물로 지붕을 올린 것이 세월의 흔적처럼 차곡차곡 쌓여 산처럼 높아져 있었다.

바로 옆에 위치한 가나자와[金澤] 문고도 방문하였는데 그곳은 호조[北条]家의 소유로 중세 무사들의 책이 보관되어 있는 곳이라고 했다. 우리 일행은 그곳에서 반가운 분과 해후하였다. 그때가 바로 원효대사 특별전이 열리는 기간이어서 우리는 반가운 마음에 입장권을 끊어서 입장하였다. 원효대사의 사진과 남긴 글 등은 물론 의상대사의 글도 전시되어 있었다. 그런데 이런 자료가 우리나라에서 보관해야 되는데 이곳 문고에 보관되어 있는 것을 전시한다고 하니 후손으로서 부끄러울 뿐이었다.

요코하마 시립대학을 방문하였는데 마침 오픈 캠퍼스 기간이어서 학교 안은 입시를 앞둔 학생들과 학부모 그리고 재학생들로 북적였다. 고등학교 3학년들의 대학 입학 선택을 위한 모의 강의가 있어 우리 가족도 강의실 뒤쪽에 자리 잡고 앉았다. 요코하마 시립대학에서 경제학과 교수로 있는 시동생의 강의를 알아들을 수는 없었지만 여유롭게 웃으며 강의하는 모습을 보니 그곳에 굳게 뿌리내린 시동생이 자랑스러웠다. 강의실에는 학부모와 함께 온 학생들이 가득 차 있었는데 한 명의 학생도 휴대폰을 꺼내지 않고 진지하게 강의를 듣는 모습이 인상적이었다. 강의를 듣고 난 후에 교수실도 가보고 구내식당에서 점심도 맛있게 먹었다. 신입생을 영입하기 위한 응원단의 공연도 관람하였는데 뙤약볕 아래서 두꺼운 검은 제복을 입고 땀을 뻘뻘 흘리면서 흐트러짐 없이 공연하는 모습이 무슨 제식 행위를 하는 느낌이 들었다.

마지막 코스로 랜드마크 타워가 있는 요코하마[橫浜] 미나토미라이[みなとみらい]의 퀸즈 스퀘어를 찾았는데 옛날에는 이곳이 큰 부두가 있던 곳으로 요코하마 5대 항구 중의 하나였다고 했다. 커다란 배를 건조하던 도크가 그대로 보존되어 있었고 메이지 정부가 보세창고로 건설한 붉은 벽돌이 인상적인 창고는 현재 쇼핑몰로 사용되고 있다고 했다. 퀸즈 스퀘어 앞은 물론 그 건물 안에서도 피카츄 행사로 시끌벅적하였는데 온통 노란 물결이었다. 나이가 들어서 그런지 그 행사에는 흥미가 없고 피카츄 복장 속의 사람이 인형 탈 안에서 땀나는 수고로움만 생각나서 그들이 안쓰러웠다. 여객선

은 공항에 갈 시간이 촉박해서 아쉽지만 못 타보고 공항으로 향하였다. 그런데 차가 정체되어서 조마조마하면서 간신히 시간에 맞추어 하네다 공항에 도착하였다. 시동생과 동서의 배웅을 받으며 여행을 마감하는 공항에 들어서니 깜박 잊고 있던 집이 생각나서 빙그레 웃음이 나왔다.

이번 여행은 환갑의 주인공인 남편과 함께해서 행복했던 여행이었다. 또한 땀을 뻘뻘 흘리면서도 가족들에게 하나라도 정보를 더 가르쳐 주려고 고생하셨던 시동생과 동서, 좋은 분위기를 만들어 주려고 노력하면서 웃음 제공자 역할을 톡톡히 한 큰시누이 부부와 항상 긍정적으로 임하는 착한 작은시누이와 함께해서 가슴 가득 좋은 추억과 가족 사랑을 듬뿍 안고 돌아온 남편의 환갑 기념 일본 여행이었다.

바다 위에 펼쳐진 낭만

내 생활을 정지시켜 놓았다.

꾸준히 쉼 없이 살아오던 생활을 정지시켜 놓고 잠시 다른 길로 접어들었다. 앞으로만 전진하다 샛길로 빠진다는 것은 생각처럼 쉽지 않다.

크루즈 여행을 가야겠다고 집에서 차분하게 앉아서 계획을 세워 결정 한 것이 아니라 답사 현장인 부여 송산리 고분 앞을 걸으면서 급하게 정했다는 것이 황당한 일이다. 조급하게 정해진 이유 중에 하나는 대산항에서 출항한다는 것과 첫 번째라는 것에 매료되어 일단 신청하자는 욕심이 앞섰다. 한쪽으로는 해설사의 설명을 듣고 또 다른 한쪽으로는 전화로 신청을 하였다. 나 혼자만이 아니라 지인 것도 함께 신청하려니 약간 복잡하였다. 신청하는 중간에

아버지의 아름다운 여행

어려운 문제가 생기면 집에 있는 남편에게 해결해 달라고 전화를 하니 남편은 어리둥절해하면서도 모두 해결해 주었다.

 신청한 후에도 원하는 사람이 있으면 계속 신청이 가능해서 주위 사람들에게 크루즈 여행을 함께 가자고 권하니까 누구는 위험할까봐 싫다고 하고, 어떤 사람은 시간적이나 경제적으로 여의치 않아서 포기한다고 말했다. 늦으면 못 갈까봐 조바심치면서 신청한 내가 조금 머쓱해졌다. 타이타닉호가 침몰한 것을 떠올리면 약간 걱정 되지만 지금은 그때에 비해서 조선 기술이 발달하고 크루즈 여행이 보편화 되었다고 생각 했는데 누구나 생각은 다르기 때문에 인정해 주기로 했다.
 서산 대산항 크루즈 여행사인 롯데관광에서 준비한 오리엔테이션을 받은 후에 모든 준비를 마쳤다.

 결혼 40여년 만에 혼자서 떠나는 긴 여행이었다. 복잡하게 얽힌 스케줄을 조절한 후에야 삶의 허물을 벗어던지고 남편이 운전하는 차를 타고 대산항으로 출발하였다.

 코스타세레나호가 대산항에 거대한 위용을 뽐내며 정박해 있었다. 육지에서 배의 선미와 후미까지 배 전체를 한 컷에 넣기에는 너무나 커서 역부족이었다. 역사적인 순간을 배 앞에서 포즈를 잡으면서 사진으로 남겼다.

배에 올라서 첫 번째로 한 것은 선상투어였다. 그 이유는 얼마 지나지 않아서 알게 되었다. 미로 같은 길을 찾기가 쉽지 않고 엘리베이터를 어떤 것을 타야 되는지 어디서 내려야 되는지 헷갈리기 때문이다. 첫날은 넓은 배안에 있는 여러 가지 시설의 위치를 파악하느라고 어리둥절한 채 허겁지겁 찾아다니다가 마무리하였다.

여행객들 중에 우리나라 사람들이 많이 승선해서 다른 지방에 사는 집안사람도 만나고 서산에서 800여 명이 승선한 관계로 그동안 만나지 못했던 지인들을 여러 명 만나니 만남의 광장 같은 큰 역할을 해주었다.

누군가가 외국 사람이 타는 배를 타야지 서산 사람 만나는 배를 타면 무슨 재미가 있느냐고 말했다. 그분은 친숙함에서 오는 편안함을 간과해 버린 생각을 한 것이다.

끝도 보이지 않는 바다위에 오롯이 떠 있는 점하나로 느껴질 때는 외로워 보였다. 하지만 그 안에 2,800여 명의 행복한 사람들이 머물러 있다고 생각하니 행복의 큰 섬 같다는 생각이 들었다.

둘째 날은 나이 숫자만큼 쌓인 연륜만 믿고 자유여행을 선택했다. 배는 일본의 '오끼나와'의 '나하항'에 정박했다. 기항지가 있다는 것은 크루즈 여행을 과일 농사에 비유한다면 향기 나는 꽃을 바다 위와 배에서 구경하다가 과일을 따먹는 기분이었다.

아버지의 아름다운 여행

안내자가 없이 '나하항'에 첫발을 디뎠다. 바다 물빛이 에메랄드 빛보다 더 아름다워서 마음까지 파랗게 물들었다. 특히 인상 깊은 것은 바닷가에 쓰레기가 안 보인다는 거였다. 부러우면 지는 거라고 누가 말했는데 부럽긴 했다. 한 방을 쓰는 언니와 일행과 헤어져서 낙오자가 된 남자 한명과 셋이서 함께 길을 나서니 든든하였다. 또한 같은 한자권 국가라 여유롭게 풍경도 감상하고 길가에 심은 처음 보는 꽃들도 구경하면서 1시간 30분 동안 걸어서 '국제 거리'에 도착하였다. 엔저 현상으로 관광객들이 몰려 있어서 간단한 쇼핑만 하고 되돌아왔다.

돌아 온 선상에는 음악과 댄스와 게임과 요리와 공연이 꽉 찬 채 뒤섞여 있어서 기호에 맞는 것을 선택해서 즐기면 하루는 24시간이 아니라 그 절반 정도의 시간이라는 느낌이 들 정도로 빨리 지나가 버렸다.

피아노 선율이 흐르고 연미복을 입은 성악가들은 여행객들에게 달콤한 사랑의 노래를 불러준다.

지붕이 열리는 플로어에는 땀을 흘리며 달리는 마라토너처럼 계속해서 댄스를 즐기는 사람들의 열기가 가득 차 있다.

식당가에는 끼니마다 반찬 걱정 하던 여인들이 자유를 만끽하면서 이 생활이 영원히 계속 되기를 바라는 듯 맛있는 음식을 찾아 접시위에 담아 나른다.

선상 카지노에는 행운을 바라는 사람들이 골몰한 표정으로 세상을 다 가지려고 침을 삼키고 옆에는 축하해줄 요량으로 구경꾼이 몰려있다.

뮤지컬 공연장에는 늘씬한 몸매의 미인들과 신사들이 온 몸을 바쳐 박수를 받으며 관객들을 즐겁게 하면서 살짝 기를 죽이고 있다.

셋째 날에는 '미야코지마'에 쇼핑하러 갔다. 우리나라보다 날씨가 더 더워서 힘들었다. 크지 않은 가게가 몇 군데 모여 있는데 생각보다 진열된 물건은 많지 않았다. 일본에서는 깨끗한 푸른 바다만 눈에 들어 왔다. 가까운 대형마트에 가도 즐비하게 진열된 상품이 가득한 우리나라가 그리운 하루였다. 경험이 한 장 더 쌓인 날을 보냈다는 것에 의미를 두었다.

넷째 날에는 가장 가고 싶었던 대만에 정박하는 날이었다. 정박한 곳은 '기룽(닭장이라는 뜻)항'이었다. 배에서 내리기 전에 몇 번이나 반복해서 동식물 반입을 철저하게 검열하니 갖고 내리지 말라는 안내를 했다. 일본보다 더 까다롭다고 해서 놀라웠다. 자국을 보호하려고 그러는 거니까 지켜 주는 것이 옳다고 생각했다.

대만은 인구가 2,400만 명이고 국토가 길쭉한 고구마모양으로 생겼다고 가이드가 설명해 주었다. 그는 대만 사람이라고 본인이 말 안 했으면 우리나라 사람인지 착각할 정도로 우리나라말을 잘 구사하였다. 하지만 대만 사람이라고 느낄 때는 우리나라 보다 자신의 나라에 유리하게 말할 때는 '어쩔 수 없구나!' 생각하며 웃음이 나왔다.

　대만은 검소하고 차분한 분위기였다. 건물보다 나무가 많아서 편안한 느낌을 받았다. 높은 건물은 드물게 보였다. 대만은 재건축을 할 때 100% 찬성일 때만 가능하다고 한다. 그래서 낡은 건물도 유지하고 사는 것을 알게 되었다. 우리나라는 70%만 찬성하면 재개발이 추진 되다보니 새 아파트가 쉽게 들어서게 되는 것이다.

　대만은 박물관이 아니라 박물원이라고 하는데 박물관은 집을 말하고 박물원은 전체를 지칭하는 것이라고 해서 약간 이해하기가 어려웠다.
　박물관은 고고학적 자료, 역사적 유물, 예술품, 그 밖의 학술자료를 수집, 보존, 진열하고 전시하는 곳을 말하는데 대만에 갔으니 그들이 사용하는 대로 따라가기로 했다.
　고궁박물원에 가서 대만의 국부로 추앙 받고 있는 '손문'의 동상 옆에서 사진을 찍었다. 박물원 안에는 여러 나라에서 방문한 사람들이 가득차서 서로 밀려 다녔다. 박물원 안에 전시 되어 있는 물건은 중국 본토의 1/100 정도만 가지고 나왔다고 한다.

전시물품 중에는 금과 은 종류는 없고 81%가 문서라고 한다. 1층에는 명나라 시대의 대형 불상 등 불교와 관련된 물건과 도자기, 황실의 비녀, 팔찌 등이 전시되어 있다. 2층은 서예 작품이 전시되어 있으며 3층에는 옥이 전시되어 있는데 배추 모양의 거대한 취옥이 가장 유명하다고 말했다. 옥을 가는 것은 검은 모래를 사용한다고 했다.

정신없이 밀려다니며 보기에는 너무나 훌륭한 전시품들이 가득했다. 가이드의 자부심은 박물관 안에서 더 빛을 발하였다. 전시품에 마음을 빼앗긴 상태라 그 가이드의 자부심에 동조하고 말았다. 정말 다시 가서 천천히 아주 천천히 관람하고 싶은 마음이 절실했다.

대만은 2024년이 건국 113주년이라고 한다.

중정기념관에 들렀다. 이곳은 자유중국을 수립하고자 노력했던 장개석을 기념하기 위해 건립한 기념관인데 규모가 너무 커서 깜짝 놀랐다. 우리나라와 밀접한 나라여서 그런지 전시된 사진에는 박정희 대통령과 우리나라의 낯익은 사람들도 많이 등장해서 더 관심 있게 관람하였다.

근위병교대식도 구경했는데 구경하는 입장에서 신기해서 좋았

아버지의 아름다운 여행

지만 서 있는 사람 입장을 생각하면 얼마나 힘이 들까 안쓰러웠다.

 기회가 된다면 한 번 더 오고 싶다는 아쉬움을 뒤로 하고 배에 올랐다.

 비행기로 장거리 여행을 하면 좁은 공간에 갇혀 있다는 생각이 든다. 하지만 크루즈 여행에서는 자유롭게 즐길 수 있는 것이 많아서 지루할 시간이 없었다. 수평선 위에 펼쳐 놓은 놀이마당에서 흥겨운 잔치를 벌이다 보니 눈 깜짝 할 사이에 여행이 끝나버렸다.

 여행을 위하여 시간 조절 할 때는 긴 시간이었는데 여행은 너무도 짧았다. 이번 여행이 좋았던 점은 바쁜 시간을 쪼개서 다른 나라에 들러 새로운 문화를 만날 수 있어서 의미가 있었다.

 부산에 도착하며 여행의 막은 서서히 내려갔다. 이것은 시작에 불과하다고 생각하며 육지에 발을 내리자마자 다시 떠날 여행을 꿈꾸어 본다.

길 찾아 가는 길

최인호의 『길 없는 길』을 혼자 찾아가기는 어려운 길이었다.

동아리 회원들과 동행해서 찾아오길 잘했다고 이구동성 외치면서 구불구불 시골길을 달려 '천장암'이라는 표지판을 보고 반가운 마음으로 산길로 접어들었다. 산 아래 주차장이 있었지만 목적지까지 어느 정도 올라가는지 몰라서 차로 갈 수 있는데까지 갈 작정이었다.

산길로 들어서자 경사가 심하여 운전대를 잡은 사람은 비명만 질렀다. 이런 길인 줄 몰랐다고 벌벌 떨면서 올라가기도 또 그렇다고 후진 할 수도 없는 상황이라 난감해 하였다. 천신만고 끝에 안내 해 줄 사람을 절 아래에 있는 주차장에서 만나니 세상을 다 얻은 기분이었다.

주차장에서 암자가 어디 있나 산위를 쳐다봐도 보이지 않으니 '천장암'이 산속에 숨어 있는 절이라는 말이 실감났다.

'천장암'은 서산시 고북면 장요리의 연암산 중턱에 있는 암자이며 수덕사의 말사이다. 암자에 오르는 길이 두 군데라고 했는데 왼쪽 길은 바위에서 물이 쏟아져서 신기해 했지만 정작 오르는 길은 오른쪽 길이었다. 큰 바위를 돌아서 올라가 보니 60도쯤의 경사진 길이 우리를 내려다보고 있었다. 주어진 환경에 적응하려고 허리를 경사진 길에 가깝도록 낮은 자세로 숙이고 올라가려니 마음까지 겸손해졌다. 이런 것이 바로 수행이 아닐까 하는 생각이 들었다. 하지만 힘들게 올라가자마자 역시 귀한 것을 얻으려면 힘든 대가를 지불해야 한다는 것을 실감하였다. 조선말 선종의 대가인 경허선사가 수도하고 스님의 제자인 세 명의 달이라 하여 3월이라 일컫는 '수월, 혜월, 월면(만공스님)'이 득도한 의미 있는 절을 쉽게 찾아 갈 수 있다면 의미가 반감 되었을 것이다.

경허스님이 수행한 좁은 방은 가로와 세로가 1.3m와 2.3m로 한 사람이 누우면 꽉 차는 좁은 방이었다. 이곳에서 1년 동안 밖에 나가지 않고 모기와 빈대에 물려서 살이 헐 정도의 고통도 참으면서 수행하였다고 했다. 직접 느끼고 싶어서 방안에 들어갔지만 철없는 중생이 깨달은 것은 오직 좁아도 너무 좁다는 것뿐이었다. 이 좁은 방도 혜월스님은 사치라고 생각했는지 토굴에서 수행을 하였다니 육체의 고통을 참을 수 있어야 깨달음의 경지에 도달할 수 있게 되는 것 같다. 이곳에 있는 문화유산자료인 칠층석탑과 문화유산인 아미타후불탱화가 널리 알려져 있지만 아쉽게도 밖에 서 있는 칠층석탑만 볼 수 있었다. 서로 짝이 맞지 않고 어울리지 않는 돌들을 쌓아 놓았지만 한 몸이 되고 보니 가장 소박한 탑이라고 이름 붙여주고 싶을 정도로 어색하면서도 잘 어울렸다.

　이 암자가 유명해진 또 다른 이유는 최인호가 쓴 『길 없는 길』의 무대가 바로 이곳이기 때문이다. 산 아래를 내려다보니 멀리 천수만이 보이고 주변 경치가 무척 아름다웠다. 이런 곳에 머물다 보면 수행자는 득도하고 작가는 베스트셀러를 써 낼 수 있었다는 것에 수긍이 가서 고개가 절로 끄덕여졌다.

　산을 내려오면서 이런 귀한 선물을 받으려면 급경사진 길을 오르는 것을 기꺼이 감수해야 한다는 것을 다시 한 번 더 경험하는 기회가 주어졌다. 하지만 산을 벗어나기도 전에 다시 찾아가고 싶어지는 '천장암'이다.

꽃길 따라 하루 여행

이번 여행은 책임감은 물론 열정적인 부지부장님이 두어 달 전부터 자료를 꼼꼼하게 준비해 준 덕분에 몇 번씩 여행할 곳에 대해서 읽어 볼 기회가 있었다. 여행지 안내는 물론 시조와 디카시 쓰는 방법까지 올려 줘서 예습을 거친 뒤라 준비된 자의 여유를 안고 떠났다. 어떤 행사의 날짜를 정하는 것이 어려운 것은 날씨 때문일 것이다. 기상 캐스터 가족의 결혼식 날에도 비가 오는 경우가 있다고 하는데 우리가 떠난 날은 이보다 더 좋을 수 없이 화창한 날이었다. 길가의 벚꽃은 출발하는 서산에서부터 도착지인 익산까지 이어져서 눈만 돌리면 감탄사가 절로 나왔다. 이런 즐거움을 안고 떠나니 버스 안은 회원들의 행복으로 가득 차 있었다. 진행하는 사무국장님의 재치로 차안에서 서산 사투리 한 두 단어씩 말하고 그것에 얽힌 이야기를 나누니 웃음과 공감의 소리가 끊이질 않았다. 리무진 버스의 쾌적함에 과거 힘들게 살던 시절의 열악했던 교통에 대해서도 이야기가 나왔다. 좌석은 고사하고 입석으로 가는 것도 감지덕지로 생각하고 머리가 앞에 있으면 발은 머리 아래에 있는 것이 아니라 다른 곳에 있을 정도로 내 몸이 바로 서 있지 못하던 시절이었다. 이런저런 이야기들이 버스 안에서 통통 거리며 떠다녔다.

첫 번째 도착한 곳은 가람 이병기 선생의 생가였다. 이곳은 선생이 태어나고 말년을 보낸 곳이다. 조선후기 양반집의 구조인 안채와 사랑채, 고방채 및 정원으로 이루어져있다. 분수를 지키며 살겠다는 의지를 담은 수우재守愚齋는 사랑채로 이곳은 선생이 생활하던 공간이다. 조부가 만든 연못인 우담愚潭과 작은 돌에 새긴 우석愚石과 더불어 선생이 거처하던 수우재守愚齋는 생가의 삼우三愚로 널리 알려져 있다. 할아버지의 정신을 손자가 이어 받아서 겸손하게 살았다는 것이 어리석음을 뛰어 넘어 지혜로움으로 승화되었다는 생각이 들었다. 가람 선생이 어리석다고 하니 일반인으로 살아가는 내 입장에서는 약간 주눅이 들었다.

삼우를 사진 한 컷에 모아 담고 어리석을 우愚를 화두로 삼고 눈길을 돌리니 눈에 띈 것은 집 앞에 서 있는 수령 200여 년 된 탱자나무였다. 동글동글 연둣빛 꽃망울이 맺힌 모습만으로도 가을에 나무 가득 열릴 노란 탱자 열매를 상상 할 수 있었다. 탱자나무는 가시가 많아 울타리 역할로 밀집해서 심는데 노거수 한 그루가 서 있는 것만으로도 집의 품격을 높여주고 있었다. 남귤북지南橘北枳라고 해서 강남의 귤을 강북에 심으면 탱자가 된다는 뜻으로 환경에 따라 변한다는 고사성어가 떠올랐다. 탱자나무가 다른 곳에 있었으면 이런 사랑과 관심을 받았을까? 선생의 생가에 있으니 찾는 사람들의 관심을 한 몸에 받으니 이것도 일종의 환경의 지배를 받는 것이 틀림없다.

생가는 양반가의 구조인 집이지만 지붕은 초가로 되어 있어서 더 정이 갔다. 안채를 둘러보니 '검이불루儉而不陋 화이불치華而不侈'가 생가에 딱 맞는 표현이라는 생각이 들었다. 검소하지만 누추하지 않고 화려하지만 사치스럽지 않았다. 이병기 선생의 '가람'이라는 호는 순 우리말로 강을 뜻한다.

술과 제자, 난초를 사랑한 삼복지인三福之人이라고 자칭한 삶을 살아서 문학관에 특이하게도 주전자와 여러 개의 술잔이 두 군데나 전시되어 있었다. 제자를 사랑한 스승은 세상에서 가장 행복한 삶이라고 할 수 있다.

> "가람 선생에게 난초가 피었다고
> 22일 저녁에 우리를 오라십니다.
> 모든 일 제쳐두고 오시오.
> 청향복욱清香馥郁 망년회가

될 듯하니 질겁지 않으리까."

- 이태준에게 보낸 「정지용의 편지」 중에서 -

난초가 피면 정지용의 편지 내용처럼 맑은 향기가 그윽할 텐데 그들의 만남을 생각만 해도 난향이 코끝에 맴돈다. 19세기와 20세기, 두 세기를 거쳐 살아오신 선생은 20대 초반에 주시경 선생의 조선어학습원에서 조선어문법을 배우셨다. 후에 선생을 비롯하여 주시경 선생의 제자들이 조선어학회의 전신인 조선어연구회를 조직하여 한글날을 만들고 한글사랑에 앞장섰다. 선생은 국문학자이며 일생동안 한글을 사용한 현대 시조를 쓰시면서 시조의 아버지라는 인정을 받게 되었다는 것이 존경스러웠다.

잘 짜인 여행 코스 덕분에 아쉬움을 뒤로 하고 미륵사지와 왕궁리유적지로 향하였다. 익산은 백제역사유적지구로 백제의 도읍과 연관 된 백제 후기의 유산으로 공주시, 부여군과 함께 3개 시, 군의 8곳이 문화유산으로 구성 되어 있다. 등재 유적은 공주시의 공산성, 송산리 고분군, 부여군의 관북리 유적과 부소산성, 능산리 고분군, 정림사지, 부여나성, 익산시의 왕궁리유적, 미륵사지가 해당된다. 이 유적들은 백제가 중국으로부터 도시계획, 건축기술, 예술, 종교를 받아들여 발전시킨 뒤에 일본과 동아시아에 전해 준 것을 증명한다. 이러한 가치를 인정받아 이곳이 2015년 7월 8일에 유네스코 세계유산으로 등재되었다. 미륵사지는 수 년 전에

아버지의 아름다운 여행

두어 번 다녀갔고 작년 겨울에도 답사팀과 부여에 들러서 오느라고 시간에 쫓겨 부랴부랴 다녀갔다. 하지만 나무의 새싹이 고운 연두로 물들은 때는 처음 왔기 때문에 정원의 연못과 주위에 서 있는 나무의 반영에 반해 버렸다.

미륵사지는 삼국유사 무왕조에 무왕과 선화공주가 사자사로 가던 중 용화산 밑 큰 연못에서 미륵 삼존이 나타나 사찰을 짓고 싶다는 부인의 청으로 이곳에 전, 탑, 낭무를 세 곳에 세우고 미륵사라 하였다고 전해진다. 미륵사지의 서탑은 동양 최고, 최대의 규모로 목탑에서 석탑으로 변화하는 과정을 보여주는 한국 최초의 석탑이라는 점이 큰 의미가 있다. 보수 과정 중일 때 다녀갔는데 해체 된 돌이 산처럼 쌓여 있었고 돌마다 번호가 매겨져 있었다.

일제 강점기에 시멘트로 덧발라져 있던 모습이 해체 보수가 결정 된지 20여 년 만인 2019년에 정비가 완료 되어 원래의 모습을 찾은 서탑을 보니 백제인의 숨결이 다시 느껴졌다. 탑 주위 네 귀퉁이에 있는 석인상에게 앞으로도 탑을 잘 지켜 달라고 염원해 보았다. 미륵사지에는 그 때 당시처럼 9층 동탑이 복원되어 있는데 더 둘러 볼 시간이 없어서 빠르게 눈으로만 저장하고 왕궁리유적으로 이동하였다.

그곳은 처음 가는 곳이라 더 관심이 많았는데 유적지 안에 아름드리 벚꽃이 피어 있어서 상춘객들이 많이 보였다. 이곳은 백제 말기 무왕대에 천도하여 조성한 왕궁터이다. 규모가 남북 492m, 동서 234m로 규모가 크지 않았다. 궁성으로 조성하였으나 역할이 끝난 후에는 '왕궁리 5층 석탑'을 중심으로 1탑 1금당식 사찰로 그 성격이 변화 된 것으로 추정하고 있다. 구조는 앞은 왕의 공간인 정무공간과 생활공간이 있었고 뒤쪽으로는 후원이 있었다고 한다. 이런 구조는 중국 궁성 배치 방식과 비슷하며, 정원시설이나 대형 화장실, 유구 등의 부속 시설은 일본 유적에서도 발견 되고 있다. 이런 사실은 왕궁리유적을 통해 한, 중, 일 삼국의 문화 교류 모습을 살펴볼 수 있다는 점에서 그 가치가 매우 높다고 한다.

5층 석탑은 '보원사지 5층 석탑'과 비슷한 백제와 통일신라시대 것으로 추정 하지만 서산에 있는 보원사지의 5층 석탑에 비해서 기단부가 좁고 옥개석 끝 부분이 살짝 올라간 보원사지 탑과 모양이 비슷하였다. 이곳에서 출토 된 유물 중에 가장 중요한 것은 이곳이 왕궁터였다는 것을 증명해주는 수부首部 글자가 찍힌 기와이다.

다음에 들른 곳은 아가페 정원이다. 몇 년 전에 지나가다가 멀리서 보고 아름답다고 생각했던 곳이 바로 아가페 정원으로 우연이 필연이 되어서 더 기대가 되는 정원이라 이날을 기다렸었다. 포근한 인상의 전 원장님이었다는 분의 안내로 정원을 둘러 본 느낌은 바로 정원 이름에서 유추하면 알 수 있는 거룩하고 숭고한 사랑을 실천하는 곳이라는 느낌이 들었다. '메타세콰이어'의 쭉쭉 뻗은 모습만 봐도 그동안 쌓인 답답한 감정이 치유가 되는 곳에서 회원들 여럿은 인생 사진을 찍으면서 잔잔한 감동을 가슴에 꽉 채웠다.

　돌아오는 길에는 서천과 군산을 다 볼 수 있는 금강둑에서 철새들이 쉬어가는 하구둑을 멀리서 바라보았다. 오늘 여행은 하루에 마무리 되었지만 철새처럼 집을 떠나 익산을 둘러보고 다시 내 집을 찾아 돌아오는 것이 철새들의 회귀 같다는 생각이 들었다. 벚꽃 길을 이정표 삼아 다녀온 덕분에 이번 여행은 더 화사하게 마무리 된 것 같다.

내 마음속에 흐르는 문학의 강

'청춘예찬'의 작가가 서산 출신이라는 것을 처음 알았던 즈음 생가지를 찾아 갔었다. 그곳에는 그분을 짧게 소개한 약력과 생가지라는 것을 알리는 작은 표지석만 덩그러니 앉아 있었다.

나의 학창시절을 지배한 감수성은 하늘하늘한 무채색 비단 같았다. 어떤 색이던 살짝만 스쳐도 그 색이 전체로 번지는 그런 예민한 시절이었다. 처음 이 수필을 읽은 후에 푸르고 붉은 강렬한 색들이 내 정신세계를 뒤 흔들어 놓았다. 가슴속에 커다란 불덩어리를 던져 주어서 활활 타오르게 큰 감동을 주었던 것에 비하여 그분을 기리는 모습은 너무나 초라해서 당황스러웠다. 하지만 나의 고장인 서산 출신이라는 것을 확인한 사실만으로도 가슴 벅차 했었다.

자유를 누리고 물질적으로 나름 만족한 생활을 누리고 살았던 우리 세대들이 '청춘예찬'을 처음 접하고 받았던 감동은 정신적 결핍을 채워주는 자양분이었다. 자유를 빼앗기고 정신적으로나 물질적으로 최고의 정점을 찍은 결핍의 시대인 일제 강점기 1930년대에 이 수필을 읽은 청춘들은 감동의 차이가 크게 달랐을 것이라고 생각된다. 아마 커다란 운석이 지구에 떨어졌을 때 느꼈던 큰 놀라움 정도가 아닐까 추측이 된다. 그렇게 큰 울림을 준 이 수필을 읽고 수많은 사람들은 청춘의 큰 힘을 깨닫고 용기와 동기부여를 받았을 것이다. 또 누구는 자신의 인생을 멋지게 개척하려고 다짐 했을 것이고 또 다른 사람은 빼앗긴 자유를 찾으려고 어두운 터널을 달려 나가면서 광복을 꿈꾸었을 것이다. 이렇게 여러 세대에 걸쳐 영향을 주면서 수필의 강력한 힘을 보여준 '우보 민태원'의 '청춘예찬'에 대한 감흥은 한동안 내 의식의 밑바닥에 휴화산으로 남아 안에서만 마그마처럼 끓고 있었다.

문학은 공기와 같이 자연스럽게 나의 일상과 함께 한다. 그렇다고 이름난 작가도 아니고, 글 솜씨가 뛰어난 것도 아니며 누구에게 내 놓을 만한 작품도 없다. 그러나 '한국 수필'에 등단하여 수필가의 길을 뚜벅뚜벅 걸어가고 있는 내 자신이 자랑스럽다. 또한 가슴속의 상처와 슬픔은 물론 소소한 기쁨과 감동도 글로 표현하고 싶어 하니까 문학인이라고 자칭하고 싶다. 이렇게 글을 쓰고 싶어 하는 바탕에는 고등학교 시절 교과서에서 배운 '청춘예찬'이 그 원천이라고 생각한다. 환갑이 지났지만 그 시절에 외운 수필의 몇몇 구절과 감동이 온전히 진주의 핵처럼 가슴속에 박히어 진주가 조개 속에서 자라듯이 서서히 나를 성장시키고 있다.

  작년에 '민태원 기념 사업회'가 발족 되고 '청춘예찬'의 불씨가 다시 타오르게 되었다. 그 열기를 온 몸으로 느끼고 싶어서 남편과 함께 '민태원의 생가지'를 15년 만에 다시 찾아갔다. 큰 길 입구에 신장2리 '청춘예찬 마을'이라는 안내석이 덩그러니 앉아서 오랜만에 다시 찾아 온 손님을 반겨 주었다. 그러나 정확한 번지수를 몰라서 내비게이션에 신장2리 회관을 입력하고 찾아 나섰다. 농로가 공사 중이라 복잡하여 간신히 그 구간을 빠져 나갔다. 기억은 가물가물하고 목적지가 어디인지 물어 볼 사람도 만날 수가 없으니 답답하였다. 작은 업체나 음식점도 몇 m 앞에 위치하고 있다고 안내판을 세우고 광고를 하는데 수필의 대가인 작가의 생가를 알려주는 이정표는 어디에도 존재하지 않았다.

  작은 길로 접어들어서 더 이상 마을 안으로 들어가기가 어렵게 되었다. 차창 밖으로 멀리 집안에 사람이 얼핏 보여서 대문 앞까지 가서 사람을 찾으니 안으로 들어가서 나오지 않았다. 한참을 기다리니 주인아저씨가 나오셨다. 혹시 민태원선생 생가지가 어디쯤이냐고 물어 보았다. 그 분은 이 집이 바로 생가지인 604-2번지라고 말했다. 그 대답을 들으니 기쁘면서도 한 편으로는 어리둥절해졌다. 현재의 집은 민태원선생이 살던 집이 헐리고 다시 세워졌다가 그 후에 다시 지은 집이라고 했다. 생가가 두 번이나 헐리고 다시 지어졌다는 것이니 작가의 흔적은 찾을 수가 없었다. 친절하게 대답해 준 집주인에게 고맙다고 인사하고 돌아서서 나오다 보니 생가지의 오른쪽에 15년 전에 보았던 표지석이 그제야 눈에 들어왔다. 목적지가 궁금하여 급하게 가다보니 미처 옆을 살필 경황이 없었기 때문에 그냥 지나쳐 들어갔던 것이다.

15년 전과 달라진 것은 검버섯처럼 이끼를 뒤집어쓰고 있어서 글자가 제대로 보이지 않는 것뿐이었다. 그나마 위안이 되는 것은 표지석 맞은편의 수령이 200년은 되어 보이는 팽나무가 푸른 가지를 벌리고 당당하게 서 있는 것이었다. 이 나무는 민태원선생이 이곳에서 생활하던 모습을 기억하고 있을 것이라 생각하니 나에게 의미 있는 나무로 다가왔다. 작가의 숨결이 느껴지지는 않았지만 생가지에 세워진 집을 사진으로 남기고 나무 사진은 여러 컷을 찍었다. 돌아오는 길은 힘이 빠지고 착잡하였다.

문학단체에 속해 있다 보니 해마다 문학기행을 다녀온다. 작년에는 강원도 인제를 다녀왔다.

강원도는 전체 면적의 95%가 숲이 차지하고 있다. 그 숲을 따라 시원하게 내린천이 흘러내리는 곳이 바로 인제였다. 박인환문학관, 한국시집박물관, 한용운기념관이 있는 만해마을이 이곳에 조성 된 이유는 아마 문학의 열정이 뜨거워서 그 과열된 열기를 식혀

주어야 할 정도기 때문에 시원한 내린천 주변에 세운 것이 아닌가 생각이 들 정도였다. 그 공간에 들어서서 푸른 공기를 마시기만 해도 문학인이 되었다고 느껴질 정도였다. 누구나 진열 된 책을 읽으면서 글을 쓰고 싶어지게 하는 힘이 있었다. 숲이 차지하는 95%만큼 문학의 공간도 알찬 내용면에서 95%를 차지하는 곳이 바로 강원도라는 생각이 들었다.

수년전에 다녀온 남원시 노봉리에 있는 최정희 작가의 '혼불 문학관'에 전시 되어 있던 몇 만장의 작가가 집필한 원고지가 아직도 기억 속에 생생하게 남아 있다.

이렇게 작가의 흔적을 온전히 살린 문학관을 찾아 타 지역으로 문학기행을 다녀 올 때마다 '왜?'라는 궁금증과 아쉬운 마음이 들었다. 왜 서산에는 문학관이 없을까?

90여 년 동안 여러 세대에 걸쳐서 수많은 독자들에게 멎어가는 청춘의 심장을 다시 뛰게 한 '청춘예찬'의 작가 '우보 민태원'의 문학관이 세워진다면 서산 시민의 자긍심도 높아질 것이다. 우리 고장 출신만이 아니라 다른 지역에서 태어난 여러 사람들에게도 '청춘예찬'에 대한 기억과 작가가 어느 고장 출신인지 어느 정도 알고 있나 궁금하여 물어보았다.

30대는 6~7차 교육과정 때 고등학교를 다녔기 때문에 국정 교과서가 아니라 출판사가 15곳 정도에서 출간 된 교과서로 배운 관계로 '청춘예찬'에 대한 수필을 접하지 못한 경우가 많았다. 30대들은 대부분이 '청춘예찬'의 작가가 서산 출신이라는 것을 잘 모르고 있었다. 하지만 그 외의 위 세대들은 많은 사람들이 그 작품을 기억하고 있었다. 그 중에서도 학창 시절에 그 수필을 읽고 작가의 표현에 감동해서 아직까지도 그 구절을 기억한다면서 읊어 주신 80대여성이 있었다. 그분의 나이는 80대이지만 기억 저편에 있던 수필을 입 밖에 내자 어느새 학창시절로 돌아가 있었다.

꽃 피고 새 우는 봄날의 천지는 얼마나 아름다우랴!
이것을 얼음 속에서 불러내는 것이 따뜻한 봄바람이다. 인생에 따뜻한 봄바람을 불어 보내는 것은 청춘의 끓는 피다. 청춘의 피가 뜨거운지라, 인간의 동산에는 사랑의 풀이 돋고, 이상의 꽃이 피고 희망의 놀이 뜨고 열락의 새가 운다. ('청춘예찬'의 일부)

청춘은 나이로 가늠하지 않는다. 뜨거운 열정이 있으면 모두가 청춘이다. 그 뜨거움을 가슴속에 품고 내 나이가 한 살 한 살 늘어날수록 그와 반비례하여 글을 쓰고 싶은 갈망에 입안이 타들어 간다.

마음을 열고 봄을 맞이하다

일반 벚꽃이 전국 곳곳에서 꽃 잔치를 벌이는 동안 그들보다 더 주목받으며 우아하게 피려고 청벚꽃은 서서히 개화시기를 고르고 있다. 그러는 동안 벚꽃은 꽃비가 되어 사람들의 탄성을 뒤로하고 퇴장하면 그때부터 사람들의 관심은 개심사의 청벚꽃이 언제 피느냐에 온 관심을 기울인다. 하지만 청벚꽃의 개화 시기는 천기누설이라 가까이서 관찰하는 사람을 제외하면 누구도 콕 집어서 알아낼 수가 없다. 청벚꽃과 같은 시기에 피는 겹벚꽃과 함께 피면 개심사는 말 그대로 꽃 대궐이 아닌 꽃 사찰이 된다.

수줍은 듯 버선모양의 꽃을 달고 버선발로 마중 나오는 골담초 꽃도 한 몫을 한다.

해마다 기온과 환경에 따라서 청벚꽃의 개화 시기가 다르기 때

아버지의 아름다운 여행

문에 적기에 구경 가려면 꾸준히 관심을 가져야 한다. 그만큼 꽃 구경도 구도의 한 방법이라고 할 정도이다. 지인이 청벚꽃을 보려고 개심사에 갔는데 사람들이 사찰 한참 아래쪽에 있는 신창저수지 근처까지 차를 대 놓을 정도로 복잡해서 그냥 돌아왔다고 했다. 낮에 가면 사람들이 몰린다니 새벽에 출발하였다. 가다보니 태양이 떠올라서 태양을 향해 길 떠나는 사람처럼 새벽바람을 가르며 청벚꽃을 볼 일념 하나로 해가 떠오르는 동쪽인 개심사로 향하여 차를 몰았다. '신창저수지'를 지나가려니 잔잔한 수면에 온 산이 모두 저수지의 물속에 잠겨서 눈길을 끌었다. 데칼코마니처럼 저수지라는 종이 위에 연두색 물감을 놓고 반으로 접어서 나온 풍경이 펼쳐져 있었다. 여기저기서 탄성과 함께 환호성이 터져 나왔다. 청벚꽃 덕분에 감상 할 수 있는 멋진 풍경을 한 가지 더 선물로 받았다. 꽃보다 더 생동감이 있는 여린 잎들은 물속에 비친 자신의 아름다운 몸매에 반해서 고개를 들지 못하고 물속만 바라보고 있었다. 새벽의 물안개가 피어오르는 저수지는 밤새 신선이 노닐다 잠깐 쉬러 간 듯 몽환적이었다.

개심사에 오르는 숲 속 길에서는 심호흡이 필요하다. 바로 그 환상적인 꽃을 쉽게 보면 안 된다는 듯 길은 직선으로 올라가는 것을 허락하지 않는다. 완만한 곡선으로 구불거리는 길을 올라가면서 자동차의 창문을 내리고 숲의 정령이 내 뿜는 정기를 깊숙이 들이마셔야 한다. 녹색으로 짙어 가는 나무들의 날숨에는 상쾌한 기운이 세계 뿜어져 나와 이른 아침의 숲에 취하게 한다.

  개심사에 도착하니 벌써 대여섯 명의 더 부지런한 관광객이 카메라를 들고 분홍색 벚꽃과 청벚꽃에서 눈을 떼지 못하고 있었다. 서로가 피해를 주지 않기 위하여 양보하면서 꽃 선물을 최대한 마음속과 영상으로 간직하려고 숨죽이면서 움직였다. 청벚꽃을 자세히 보면 청색이 아니라 연하디 연한 연둣빛 같기도 하고 살짝 분홍빛이 보이기도 한다. 꽃이 잎이고 잎이 꽃인 양 바람에 흔들리면 무슨 색이라고 표현하기가 어렵다. 그냥 고귀하고 고운색이다. 어쩔 수 없이 꽃에 딱 맞는 색으로 표현을 못하니 일반적으로 표현하는 청벚꽃이라고 인정하는 수밖에 없다. 이 꽃이 더 아름다운 이유는 사찰과 잘 어울리기 때문이다. 돌담과 그 위에 올려놓은 기와의 옆에 꽃이 살짝만 스쳐도 숨이 잠깐 멎을 정도이다.

  청벚꽃이 서 있는 돌담 아래에는 돌을 볼품없이 쌓아서 만든 허름한 창고가 있다. 문짝도 녹슬어서 어디하나 내세울 것이 없다. 하지만 이 창고는 세계에서 가장 아름다운 창고라고 자신 있게 소개 할 수 있다. 창고 지붕위에는 수많은 팝콘이 탁탁 튀듯이 벚꽃이 가득피어 꽃 모자를 멋들어지게 쓰고 '어디 나보다 멋진 창고 있으면 나와 봐!'라고 멋진 포즈로 서 있다. 이 모습을 본 사람들은 그 매력에 푹 빠져서 창고 앞은 창고보다 더 멋진 포즈를 잡는 관광객들의 발자국이 한 없이 쌓여있다. 부처님을 만나려면 속세의 때를 씻어내야 하기 때문에 조성 된 연지에는 배롱나무가 여름에 필 꽃을 생각하며 물속에 비친 제 모습을 바라보고 서 있다. 봄의 선물은 모두 이곳에 모인 듯하다.

개심사의 대웅보전 지붕위에 있는 청기와 한 장은 이 사찰이 왕실과 관련 된 것을 나타내는 것으로 한 장만 있기 때문에 더 관심이 갔다. 또한 지붕의 수키와가 흘러내리는 것을 막는 역할을 하는 연꽃 봉우리 모양의 연봉은 크기가 각기 다르다. 그 이유는 부처님의 말씀도 받아들이는 사람에 따라 다르다는 것을 나타내기 위한 것이라고 한다. 심검당의 요사채는 굽은 나무로 되어 있어서 자연을 잘 활용하였다는 이유로 많은 사람들의 사랑을 받고 있다. 누군가가 말했듯이 소나무는 많이 굽어야 가치가 올라간다고 했는데 반듯한 나무를 사용했다면 오늘날 같이 사랑과 관심을 덜 받았을 것이다. 돌이 생긴 모양대로 나무를 깎아 세워 자연 그대로를 받아들인 무량수각의 그랭이 공법으로 세운 기둥도 유명하다.

개심사는 서산시 운산면 신창리에 위치한 사찰로서 가야산 줄기의 상왕산(307.2m) 기슭에 자리 잡고 있다. 백제 의자왕 14년(654)에 혜감국사가 창건하여 고려 충정왕 2년(1350)에 처능대사에 의하여 증수되었다고 전해진다.

대웅전의 기단만이 백제 때의 것이고 건물은 조선 성종 6년(1475)에 산불로 소실 된 것을 조선 성종 15년(1484)에 다시 중건하여 오늘에 이르고 있다.

보물로 정해진 대웅전은 목조건축의 연대에 대해서는 1941년 해체공사를 실시하였을 때 발견된 묵서명에 의하여 알려지게 되었다.

청벚꽃이 활짝 피어 사람들에게 행복을 주듯 이 사찰의 이름인 '개심사'처럼 마음을 활짝 열어 모두에게 행복을 주고 싶어지는 봄날이다.

이제 입추야

남편이 며칠 동안 몰두한 끝에 설계도를 완성하였다. 아파트에 입주한지 얼마 안 된 상태라서 새 집을 지을 일은 없는데 누가 살 집을 짓느냐고 물어 볼 필요는 없다. 그 설계도는 닭장을 만들기 위한 것이기 때문이다. 꼼꼼한 공대 출신 남편은 닭장 짓는 일도 대강이란 없다. 필요한 나무와 지붕 자재도 정확하게 계산해서 구입하였다. 혼자서 터를 닦고 주변을 정리 하러 다녔다. 내 도움이 필요하다고 해서 현장을 찾아가서 합류하였다.

땅 밑으로 반갑지 않은 손님인 족제비나 쥐가 침입하지 못하게 철통같은 방어막을 만들었다. 하우스 철을 재활용한 쇠기둥을 세우고 철판을 깔았다. 사방에 장판으로 50㎝ 정도 둘러쳤다. 내가 하는 역할은 안에서 드릴로 구멍을 뚫으면 밖에서 지주를 중심으

로 쫄대를 돌려서 다른 구멍으로 넣어 주는 일이었다. 장판이 시
야를 가려서 어느 지점을 뚫는지 모르기 때문에 위험스러웠다. 장
갑을 끼고 했는데 드릴에 장갑이 말려 들어가는 아찔한 일도 있었
다. 지붕을 올린 후에도 흔들리지 않게 못을 박을 때도 보조 역할
을 하였다.

　이렇게 둘이 해야 하는 작업이라서 결혼이 필요한가 생각할 정
도였다. 둘이 합심하여 완전한 모양을 갖춘 닭장이 완성 되었다.
물론 실내장식으로 횃대도 만들고 달걀을 낳는 공간은 PVC관을
잘라서 안온한 공간도 만들어 주었다. 바닥에는 흙으로 목욕을 하
도록 흙을 깔아주고 한편에는 왕겨를 듬뿍 깔아주었다. 닭장을 방
앗간으로 알고 매일 찾아오는 참새를 막기 위하여 철망도 이중으
로 하였다.

　닭은 오덕을 가졌다고 알려져 있다.
　머리에 관을 썼으니 문文이요. 발에는 날카로운 발톱이 있어서
무武요. 적을 맞아 물러서지 않고 죽을힘을 다해 싸우니 용勇이요.
음식을 보면 혼자 먹지 않고 나누어 먹으니 인仁이요. 밤을 지키되
때를 잃지 않으니 신信이라고 한다. 농담처럼 닭띠라서 닭을 키우
려고 한다고 말하면서 닭을 애지중지하는 남편에게 미안하지만
닭이 지닌 오덕을 주장한 사람에게 신信에 대해서 반론을 펴고 싶
다. 닭이 음식을 나누어 먹는다고 하는데 닭은 무리 중에 누군가

　　　　　　　　　　　　　　　아버지의 아름다운 여행

를 왕따 시켜야 직성이 풀리는 족속이다. 왕따 당하는 닭은 모이를 먹을 기회도 없다. 닭을 키운다고 할 때 단순하게 무항생제 유정란 달걀을 먹을 생각으로 좋아했다. 어느 날 한 마리가 무리의 괴롭힘으로 상태가 안 좋아져서 따로 격리 시키고 물과 모이를 충분하게 주었는데 그만 죽고 말았다. 나에게는 그 닭이 죽었다는 말을 안 하고 있다가 궁금해서 그 닭은 어떻게 되었느냐고 물으니 그때서야 사실대로 말해 주었다. 그 뒤로 닭장에서 냄새 난다는 핑계로 가까이 가서 들여다보지 않게 되었다. 내가 가끔 가서 들여다보면 닭들은 별 반응을 보이지 않았다. 하지만 남편이 다가가면 구구대면서 애완용처럼 따르는 것을 보면 잘 해주는 사람에게 인을 베푼다는 느낌이 들었다.

닭을 기른 후부터 매일 꺼내오는 달걀이 몇 개인지 묻는 게 하루의 낙이 되었다. 그런데 여름이 되자 단산을 해버렸다. 매일 모이를 주러 가지만 빈손으로 오는 남편에게 물으니 날씨가 더우면 알을 낳지 않는 다는 것이 아닌가! 찜통더위로 인하여 에어컨에 의지해서 사는 사람들에 비하여 털로 싸인 닭들은 오죽 더울까 이해가 되었다. 처음에는 웃으면서 닭들이 파업 중이어서 알을 낳지 않는다고 하더니 그 파업이 계속 되어서 결국에는 먹을 달걀이 없어서 마트에서 사다 먹게 되었다.

어느 날 모이를 주러 가는 남편에게 닭들에게 입추가 지났다고 전해달라고 부탁했다. 계절이 변하는 것 정도는 알아 두라고 알아 듣지 못해도 경고를 하고 싶었다. 남편이 그 말을 전해주지 않았 겠지만 텔레파시로 통해서 정신을 차렸는지 아니면 때가 되어서 인지 며칠 후부터 서너 개씩 알을 낳기 시작하였다. 웃음이 나오 지만 머리에 관을 써서 이해력이 빠르다고 믿어 보기로 했다.

우주가 나에게 온 날

　화려하게 빛날 줄 알고 망설이면서 들어섰던 결혼 생활이 내년이면 40주년을 맞이하게 되었다. 요즘 결혼 적령기인 내 자식에게나 남의 자식에게나 꼭 결혼해야 한다고 말하기가 쉽지 않다. 그렇다고 어느 영화 제목처럼 '결혼은 미친 짓이다.'라고 말리지도 못하는 어정쩡한 입장이 되어버렸다. 결혼 전보다 더 행복 할 수 있다는 보장만 된다면 결혼하라고 적극적으로 권할 수 있을 텐데 어느 누구도 인생의 앞날을 알 수 없으니 정답이 없는 질문만이 이 집 저집에서 맴돌 뿐이다. 문제는 있는데 답이 없는 것처럼 답답한 것도 없다. 그 결과 몇 집 걸러 한 집에는 결혼 안했거나 못한 아들, 딸들이 있어서 그로 인한 부모들의 한숨이 깊어간다. 젊은 이들은 결혼은 선택이지 필수가 아니라고 주장한다. 결혼을 해야 자식 도리를 다 한다고 생각하던 시대는 먼 구석기 시대의 생각처럼 치부되고 있다.

70대 이상의 여성 100여 명에게 지금이 30대라면 결혼 할 것인
지 질문했더니 대부분 결혼하지 않을 거라고 대답하였다. 본인이
살아 보았던 결혼 생활이 그리 만족스럽지 못했던지 그 시대 결혼
제도에서는 여성들에게 희생을 강요했기 때문에 나온 결과라고
생각한다. 자신들은 다시 과거로 돌아간다면 결혼 하지 않을 거라
면서 자식에게는 결혼하라고 말하는 것은 이율배반적이다.

사회적인 분위기가 갑자기 변하다 보니 비혼 자녀를 이해하는
부모들이 늘어나는 걸 주변에서 자주 본다. 결혼 생활을 해 본 사
람으로서 자녀가 그 길을 걷게 하고 싶지 않기 때문에 네 인생이니
네가 알아서 하라고 선택을 자식에게 넘기는 것이 아닐까? 아니면
자식의 생각을 존중해서 자신의 인생을 책임지고 이끌어 나가라
는 뜻일까? 궁금하게 생각하다가도 내 자식 문제를 해결하기도 어
려운데 다른 가정의 일을 신경 쓴다는 것은 오지랖이라는 생각이
들곤 한다.

딸아이가 3년 전에 결혼을 하였다. 결혼하라고 재촉하고 있던
시기였지만 막상 결혼 한다고 나서자 만감이 교차하였다. 자식 자
랑은 팔불출이라고 하지만 결혼식장의 무대가 올라가면서 입장하
는 딸의 모습이 눈부시게 아름다워서 시집보내는 슬픔을 잠깐 잊

었을 정도였다. 나에게 기쁨과 슬픔을 함께 남겨 주고 결혼의 길로 들어선 딸은 기특하게도 아이 낳기를 원하였다. 하지만 여의치 않아서 마음고생을 많이 하였다.

그러던 어느 날 연락도 없이 갑자기 친정에 온 딸은 어깨띠를 두르고 당당하게 현관문을 들어섰다. 어깨띠에는 '오늘의 주인공은 나'라는 글씨가 새겨져 있었다. 임신에 성공한 것을 알리는 당당한 깜짝 이벤트였다. 임신 후에 몸의 부종으로 인하여 앉아서 양말을 제대로 못 신을 정도였지만 잘 참고 견뎌서 자신보다 더 예쁜 딸을 낳아서 우리에게 선물해 주었다. 그날부터 우리 집은 새로운 행복으로 가득 찼다. 아기 모습을 사진과 동영상으로 보내 주면 우리 부부는 돋보기 너머로 그것을 보는 재미에 빠져서 다른 것은 눈에 들어오지 않는다. 어떤 영화나 드라마가 이보다 더 재미있을까? 생후 4개월이 되자 옹알이 하면서 깔깔대는 동영상을 보면서 잠을 못 이룰 지경이 되었다.

나의 결혼 생활이 행복했는지 불행했는지 망각하고 손녀의 재롱에 정신이 나가서 세상 사람들에게 '결혼은 좋은 것이에요.'라고 말하고 있는 내 자신에게 웃음이 나온다.

햇빛 냄새

몇 년 전에 햇빛 냄새를 잃어버렸다. 앞으로 햇빛 냄새를 찾을 가능성은 자꾸 희박해 간다.

아파트에서 산다는 것은 편안하지만 그런 삶을 영위하기 위해서 포기하고 살아야 하는 것이 여러 가지가 있다. 오직 주어진 유형의 공간 안에서만 머물러 있어야 하기 때문에 창문이라도 활짝 열어서 공간을 확장 시키고 싶은 갈증이 매일매일 반복되고 있다.

베란다에서 상추 모를 길러서 싱싱한 쌈을 먹으려는 기대로 지극정성으로 가꾸었다. 상추도 내 마음과 같은지 오직 햇빛 냄새를 맡으려고 태양을 향해 손을 뻗어 잡으려고 했지만 나날이 야위어만 가다가 여리여리한 몸으로 성장을 멈추었다.

신축 아파트일수록 창문이 선팅이 잘되어 있어서 빛의 40% 정도가 투과하지 못한다니 상추뿐만이 아니라 이사 온지 몇 년 째 꽃을 피우지 않고 심통 부리는 백정화와 시계꽃의 심정을 이해 할 수 있게 되었다.

어떤 사람의 손으로 삶의 때를 깨끗하게 씻어 버리고 변모한 빨래 던지 세탁기 속에서 신나게 함께 춤을 추고 나오니 깨끗해진 빨래라도 마찬가지다.

그들이 수분을 날려 버리는 최적의 공간은 단연코 빨랫줄에 매달려 바람이 밀어주는 그네도 타고 햇빛의 손길로 어루만져서 뽀송뽀송한 고운 피부가 되는 것이다.

미련 없이 털어버린 물기가 완전히 사라지면 바스락바스락 소리 내며 빨래 걷으러 간 나를 반갑게 맞아준다.

집게에서 벗어나 내 두 손안에 안길 때 코끝에 풍기는 햇빛 냄새는 지구상에 없는 먼 우주에서 온 냄새라고 생각하고 싶다. 태양을 박차고 8분 만에 우리 옥상에 내려앉은 햇빛이기 때문이다. 가끔 햇빛 냄새를 맡았다는 사람을 만나면 서로 비밀스런 것을 나누어 가진 사이처럼 가깝게 느껴진다.

빨래와 함께 나에게 찾아 온 햇빛 냄새는 아파트에 사는 사람은 결코 누릴 수 없는 꿈일 뿐이다.

단독 주택에 사는 사람들도 바깥에 빨래 너는 것을 언제나 일상적인 것으로 알던 시대는 서서히 바뀌고 있다. 빨래를 널 수 있는 공간이 있는 사람들도 미세먼지가 있는 바깥에 왜 굳이 빨래를 말리느냐고 반문하는 사람도 있기 때문이다. 그들의 주장에 내키지는 않지만 그것도 맞는 말이라고 수긍을 해야 하는 환경오염의 시대에 우리는 살고 있는 것이다.

햇빛 좋은 날 솜이불을 말리면 솜들이 뜨거운 햇빛이 간지러워 서로가 밖으로 도망가려고 움직여서 부피가 부풀어 오른다. 그 위에 살짝 누워 보면 사르르 눌리며 숨죽이는 햇빛의 잔해가 내 몸을 감싼다.

맑은 날에는 아파트 창문 밖을 아쉽게 쳐다보며 '빨래 널기 참 좋은 날이네'라고 혼잣말로 중얼거려 본다. 베란다 건조대에 널려 있는 빨래들은 열린 문틈사이로 조금 들어 온 햇살 덕분에 그나마 조금씩 아주 조금씩 말라간다. 햇빛 냄새는 사라졌다.

고3 엄마로 산다는 건

　결혼 후 3년 만에 어렵사리 얻은 첫째와 둘째는 엄마 곁을 떠나 대학교 3학년, 2학년으로 전화로만 보고 싶다는 말을 할 뿐 만날 기회가 별로 없다. 품 안에 있을 때는 어떻게 내보내나, 보내고 나면 못살 것 같았는데 지금은 마음속으로만 그리워할 뿐 그러려니 무덤덤하게 하루하루를 보내고 있다. 그래서 내 곁에는 고3이 된 막내만이 남아있다. 삼 남매 중 막내는 어릴 적부터 언제나 노는 데 정신이 팔려 해가 질 무렵에야 흰 옷이 무슨 색인지 구별 못 하게 된 상태로 개선장군처럼 집에 들어오곤 했다. 첫째에 쏟던 정성에 비하면 그 애는 방목 상태였다고 할 수 있다. 관심이 적었다고 말하기에는 엄마로서 미안하고 아이를 키우다 보니 예쁘다고 안고 있어서만이 좋은 게 아니라는 것을 느꼈다고 할 수 있겠다. 너무 고단해서 공부고 뭐고 9시만 되면 눈이 충혈되어 참지 못하고 잠자리에 드는 천하태평 막내아들, 고등학교 1학년 때는 어두워져 아파트 옆을 지나올 때면 옥상에서 귀신이 내려올 것 같아 지나가는 사람이 있을 때까지 기다리거나 친구와 함께 오곤 하는 마음 약한 녀석이어서 귀가 시간에 맞춰 길목에서 기다리곤 했다. 그러면 저 멀리서 부터 왁자지껄 친구와 신나게 장난치며 오는 아들 모습을 보면 웃음이 절로 나곤 했었다. 그런 막내아들이 변했다. 보이지 않지만 거부할 수 없는 거대한 힘인 고3이 된 것이다. 어느 날부터 아들의 귀가 시간은 새벽 1시가 넘어 버렸다. 그런 모습을 보고 어리둥절해진 것은 나 자신이다. 이래도 괜찮은가? 정말 그 시간까지 버티기는 하는 건가? 아들이 잠자리에 드는 시간은 새벽 2시가 되었다. 아침이면 깨워도 일어나지를 못한다. 작은 소리로 시작해서 깨우는 소리가 점점 커져서야 눈 감은 채 넘어지지 않는 것이 신기하게 아들은 비틀거리며 식탁에 나와 앉는다. 앉은 후 눈을 떠 한 번 식탁을 둘러보고 과일 접시 있는 곳을 확인한 후 다시 눈을 감는다. 눈감은 채 한입, 두입 계속해서 과일을 먹는다. 그러다가 실수로 반찬을 손으로 집을 때도 있다. 5분 정도가 지나면 눈을 뜬 후 밥을 먹기 시작한다. 그런데 한 번도 아침밥을 거른 적은 없다. 고맙게도 밥 한 공기를 깨끗이 비우며 잘 먹었다고 인사 후 비틀거리며 잠자리로 다시 들어간다.

남편은 그런 막내에게 아침에 정신 못 차린다고 싫은 소리를 한다. 그러나 안쓰러운 마음에 10분이라도 더 자도록 나는 몇 분에 깨워야 되느냐고 물은 후 더 자도록 한다. 어릴 때 같으면 양치질 해줄 텐데 커서는 제 맘대로 해서 그것도 걱정이다. 식사 후 그대로 자면 충치가 생길까봐 잔소리를 하지만 양치질 하면 잠이 달아나 더 잘 수가 없어서 식사 후 곧장 자야 된다고 아들이 우기니 맞는 말인지 아닌지 혼란스럽다. 그리고 식사 후 안 자고 가면 공부 시간에 졸려서 자야 된다니 공부 시간에 자는 것보다야 나은 것 같아서 10분 정도 더 자게 한 후에 다시 깨운다. 그리고 몇 분 되었다고 빨리 일어나라고 소리를 질러야 잠이 덜 깬 채로 씻으러 목욕탕으로 들어간다. 그러나 목욕탕에서 나올 때는 활기찬 아들로 다시 돌아와 있다. "다녀오겠습니다." 소리치며 등교하면 그때서야 내 생활이 시작된다. 그때부터 살림살이를 끝내고 수업을 가거나 교양 강좌를 듣던지 한마디로 자유시간이다. 그런데 그것도 쉬운 일은 아니다. 낮에는 괜찮은데 자정 정도가 지나면 졸음이 와도 고3 엄마니 잘 수도 없고 아들 생각해서 기다려 줘야겠다는 양심 때문에 여간 힘든 게 아니다. 신문도 읽고 책도 보고 TV도 보고 그러나 졸음은 계속 온다. 그러나 딱딱한 의자에서 고생하는 막내 생각하고 아들이 올 때까지 참고 기다린다. 고3이면 철도 드나보다. 집에 오면 "엄마, 기다리지 말고 주무세요." 엄마가 계속 기다리면 집에 일찍 와서 공부 않고 잠자겠다고 협박을 한다. 정말 그냥 자버릴까 생각도 되어 딸과 통화하면서 그 얘기를 했더니 딸아이가 하는 말이 "엄마, 주무시라고 하지만 막상 집에 왔을 때 엄마께서 주무시면 서운할거예요. 그러니까 그냥 기다려주세요." 한다. 아마도 제 고3시절 생각이 났었나보다. '맞는 말이야 아들은 힘들게 공부하는 데 엄마라는 사람이 쿨쿨 잘 수는 없는 것이다.' 그렇게 비몽사몽 살아가는 아들의 학교생활은 어떨까? 학생들이 수업 시간에 책상에 엎드려 자는 경우도 많다던데….

어떻게 살아가야 아들한테 행복한 삶일까? 지금 고생하면 더 좋은 미래가 기다린다고 장담도 못하겠다. 그렇다고 고3을 편하고 쉽게 보내라고도 말할 수 없다. 지금 준비를 해야 네가 원하는 것을 얻을 수 있다고 아들에게 말해주곤 한다. 막내가 자기 인생을 잘 책임지고 가꾸어 나가도록 옆에서 도와는 주지만 주인공은 아들 녀석이니까 그 애가 하는 것을 지켜보고 믿어봐야겠다. 그리고 고생스러운 고3이지만 힘내서 남은 목표까지 열심히 나가라고 그냥 마음속으로만 응원해본다.

가을 나누어 먹기

　사람들은 강한 소유욕으로 자기 몫을 챙기는데 일생의 대부분을 보낸다. 내 몫의 양을 더 늘리려고 하다 보니 좋지 않은 일도 자주 일어난다.

　살던 집이 아파트 신축으로 인하여 헐리게 되어 어쩔 수 없이 아파트 입주할 때까지 집을 구해서 나가게 되었다. 어렵게 구한 집은 이웃이 없는 산속에 폭 안긴 집이었다. 한동안 사람이 안 살던 집이라 가족들이 밤을 새우며 집을 고친 후에 이사하게 되었다.

　이사한 첫날 악마의 외침 같은 소리에 깜짝 놀라서 밤새 덜덜 떨었다. 세상에 태어나서 그렇게 무서운 소리는 처음 들었기 때문이다. 그 뒷날 아침에 울음소리의 주인공과 조우를 하였다. 이렇게 놀라면서 만나는 사이는 드물 것 같다.

현관문을 열자마자 담 옆에서 잠을 자고 일어난 고라니가 더 놀라서 후다닥 숲속으로 달아나 버렸다. 순식간에 일어난 일이라 정신이 없었다. 고라니 모습은 나름대로 귀여웠는데 울음소리가 악마의 절규 같은 울음소리를 낸다니, 예쁜 아가씨가 입을 여니 걸걸한 남자 목소리가 나는 것보다 더 충격적이었다. 며칠 동안 관찰한 결과 고라니는 한 마리가 아니라 가족인지 친구인지 함께 와서 집 옆의 밭을 운동장 삼아 뛰어놀고 있었다. 그러고 보니 이곳의 주인은 원래 고라니이고 나는 나중에 나타난 불청객인 셈이었다.

가을이 되자 아침에 일어나서 현관문을 열고 나서는 것이 즐거움이 되었다. 집 옆이 바로 숲이라서 마당에 밤새 알밤이 떨어져 있어서 줍는 재미가 쏠쏠하였다. 그런 나를 위해서 먼저 집을 나서는 남편은 밤을 줍지 않고 나에게 알밤을 줍는 기쁨을 누리도록 양보해 주었다. 뒷산에 가면 제법 굵은 알밤이 많이 떨어져 있어서 가을을 주우면서 행복한 날들을 보냈다.

알밤을 주워 담과 집게를 들고 장화까지 챙겨 신은 후 산에 가면 고라니가 앉아서 식사 중이었다. 용케 알밤이 많이 떨어져 있는 곳을 골라서 앉아 있는 밤나무 밑 식당에서 식사하던 고라니가 새로운 손님이 오니 고라니도 놀라고 놀란 고라니 때문에 나도 놀라고 이런 날이 며칠 동안 계속되었다. 며칠이 지나자, 고라니를 만나는 것이 사람을 만나는 것보다 더 안심이 되었다. 산속에서 사람을 만난다면 더 무서웠을 거라 생각하니 나름대로 고라니가 친숙하게 느껴졌다. 그 후 밤나무 밑은 공동으로 사용하는 공간으로 변해 버렸다.

　알밤을 줍다 보니 어느덧 가을도 깊어져 갔다. 누가 농사짓는지 모르지만 산 옆에 밭은 숲 사이에 있어서 햇빛이 늦게야 출근하고 일찍 퇴근해 버려서 농사처로는 낙제점인 곳이다. 처음에는 밭에 수숫대가 제법 서 있었는데 며칠이 지나자 주변에 있는 새들이 모두 날아와 추수해 준 덕분에 모든 수숫대는 허리까지 꺾인 채로 초토화되었다. 이런 모습을 보고 생각나는 것은 '콩쥐팥쥐'에서 주인공 콩쥐에게 방아 찧는 대신 낱알의 껍질을 까주는 참새가 생각났다. 새들은 자신들을 먹으라고 심은 줄로 착각을 한 모양이다.

　먼저 살던 곳은 시멘트 마당이 있는 집이어서 모처럼 집 주위에 있는 공터를 보고 땅콩을 심기로 했다. 그때까지도 어떤 일이 일어날지 모르고 시작한 어리석은 일이었다. 지난 가을에 새들이 추수해 주던 수수밭을 보고 깨달았어야 했는데 '설마 땅 속에 있는 것은 괜찮겠지' 생각한 것이다.

　땅콩을 포트에 심어서 비닐하우스 안에 넣었더니 쥐가 다 파먹어 버렸다. 쥐가 못 올라가게 장치를 해 놓고 다시 심었다. 이번에는 까치가 그 안에까지 들어와 다 파먹어 버렸다. 그다음부터는 어딘가에서 우리를 내려다보고 있는 까치가 있나 없나 살펴보고 확인한 후에 땅콩 심은 것을 비닐하우스에 넣어 놓을 지경이 되었다.

어렵게 키운 몇 개 안 되는 땅콩 모를 밭을 일구어 심었다. 밭은 더 위험지대였다. 까치와 두더지와 고라니까지 합세해서 힘든 일 하지 말라고 생각해 주는 척 하면서 다 뽑아먹어 버렸다.

'쥐도 새도 모르게 해야 한다.'는 말이 이래서 생긴 거라는 것을 겪고 나니 절실하게 이해가 되었다.

농사지어서 짐승과 나눠 먹는다는 말이 있지만 공평하지 않게 더 많이 가져간 고라니가 농사짓기를 포기한 밭에서 이리 뛰고 저리 뛰면서 승리의 춤을 추고 있었다.

몇 년 동안 누렸던 '나누어 먹기'의 즐거움도 아파트로 이사 오면서 완전히 끝나버렸다. 지금도 알밤을 보면 밤나무 밑에서 놀라 달아나던 고라니가 생각난다.

안국사 가는 길

안국사는 서산시 운산농협 앞길로 해서 들어가는 코스가 있지만 오늘은 숲길을 택해서 찾아가 보기로 하였다.

서산시 음암면 소재지를 지나서 서림 복지원 앞을 거쳐서 정미면 은봉산 임도로 들어섰다. 입구에 이름도 재미난 '돼지밖골 저수지'가 아름다워서 차에서 내려 주변 산과 어우러진 저수지를 한참 동안 구경하였다.

시내에 있는 벚꽃은 많이 진 상태이지만 산벚꽃은 지금 한창 꽃비처럼 바람타고 내리고 있어서 그 장면을 보는 사람들의 탄성 소리가 메아리쳤다. 메아리 소리에 놀란 듯 다시 살랑살랑 꽃비가 또 내린다.

숲속의 풍경을 놓치지 않으려고 차는 걷는 속도 정도로 천천히

속력을 내면서 황소고개에 도착하였다. 황소고개는 쉴 수 있는 등나무 정자가 있고 복숭아꽃과 벚꽃이 만발하여 힘들어서 쉬는 공간이 아니라 아름다워서 머물러 있고 싶은 곳이었다. 이 고개에는 장승이 서서 길 안내를 해 주었다.

그곳에서부터 안국사로 가려면 내리막길로 들어서야 한다. 굽이굽이 돌아 내려가면서 맞은편으로 보이는 은봉산은 벚꽃과 연두색 잎으로 치장한 나무들로 멋진 풍경을 연출하고 있었다.

산을 내려와 안국사로 접어드는 길옆에는 '안국지'라는 저수지가 있어서 물속에 양쪽의 산이 반영 되어 혼란스러웠다.

'물이 산인가?'

'산이 물인가?'

구분하기가 어려울 정도였다.

안국사 입구에는 고인돌 모양의 돌문이 있고 그 문을 통하여 계단으로 올라가면 넓은 돌 탁자 같은 너럭바위가 있어서 신선들이 내려와 놀다간 자리처럼 보인다. 그 아래에는 수많은 장독대가 따뜻한 봄볕을 쪼이면서 늘어진 수양 벚꽃을 감상하고 있다. 장독대 안에는 간장, 된장 냄새보다 벚꽃 향기가 더 진하게 배어 있지 않을까라는 생각이 들었다.

안국사로 들어서면 석조여래삼존입상이 서 있는데 2003년 발굴 조사를 할 때에 출토 된 명문기와로 보아 고려 현종 12~21년

(1021~1030) 것으로 추정하고 있다. 중앙의 본존불은 얼굴과 몸이 하나의 돌로 되어 있으며 머리에 네모난 갓 모양의 '보개'를 쓰고 있다.

불상 뒤편에는 '매향암각'을 한 바위가 있는데 바위 모습이 '배' 모양과 '고래' 모양 같아서 '배바위' 또는 '고래바위'라고도 하지만 크기가 고래만큼 커서 고래바위라고 부르는 것이 아닐까 믿고 싶을 정도였다.

바위에는 매향의식을 치른 내용이 쓰여 있다고 하였으나 흐려서 글씨가 잘 보이지 않았다. 매향은 향나무를 땅에 묻는 민간 불교 의식으로 향나무를 통해서 소원을 비는 자와 미륵불이 연결되길 바라는 신앙의 한 형태이다.

지장전과 산신전을 둘러보았는데 산신전 앞은 꽃이 흐드러지게 피어 건물을 다 가릴 정도였다.

안국사는 잘 꾸민 연못과 꽃, 나무가 어우러진 경치가 아름다워서 지상 낙원처럼 느껴질 정도였다.

천수만에 핀 연꽃 한 송이

　재작년에 찾아 간 천수만은 AB지구 간척 사업 이후에 가장 큰 개발이 진행되고 있는 듯 한창 공사가 진행 중이었다. 천수만에 들어서자 바다 물결이 거세게 일렁거려서 물때를 못 맞춘 게 아닌가? 조마조마 하면서 간월암을 찾았다. 다행스럽게도 간월암에 들어가는 바닷길은 열려 있었다. 그러나 요사채 석축 보수와 개축 공사로 인하여 바닷길 초입에서부터 간월암의 요사채 위에는 온통 비계 파이프로 뒤덮여 있어서 당황스러웠다.

　강풍으로 인하여 파도가 거세게 밀려오고 보호대에 연결된 줄에 매달린 수많은 고운색의 연등은 바람에 심하게 흔들려서 불심을 담아 소원을 읊조리는 것 같아서 장관이었다.

　경내에 올라서자 관음전에서 들려오는 목탁소리와 흔들리는 풍경소리에 더해서 간절함을 가득 담은 연등이 사그락사그락 흔들리면서 내는 소리를 들으니 이곳을 찾아 온 최고의 선물을 받은 느낌이었다. 수령이 200년 된 사철나무는 단단하고 움츠린 자세로 지혜롭게 바닷바람을 막아내면서 견디며 서 있었다.

올 봄에 바다위에 길을 놓았다고 하여 간월암을 찾아갔다. 먼저 있던 굴 탑 자리에 새로 세운 탑에 붙인 커다란 굴이 자개처럼 빛나고 있었다. 그동안 간월암 사진을 찍으려면 다른 방향에서도 찍었지만 주로 썰물이 되었을 때 간월암을 건너는 쪽에서 사진을 찍었다. 이제는 굴 탑 뒤로 돌아서 바다 위로 길이 놓여 있다.

밀물이나 썰물 때를 가리지 않고 바다 위로 놓인 길로 걸어가서 사진을 찍으면서 간월암이 '물 위에 뜬 연꽃'이라는 표현이 정말 공감이 가는 말이라고 생각되었다. 하지만 안전을 위하여 설치한 보호대가 간월암의 일부를 가려서 아쉬웠다. 그래도 물위에서 간월암을 배경으로 앉아서 사진 찍는 것이 마냥 신기하였다.

몇 달 후에 딸이 친정에 왔다. 날씨가 더웠지만 바닷가로 가면 시원 할 것 같아서 바다 위에 난 길도 보여 줄 겸 간월암에 가기로 하였다. 가는 길에 '버드랜드'에 들러서 서산 9경 영상을 배경으로 사진도 찍고 박제 된 여러 종류의 새도 구경하였다. 어린 손녀딸이 영상을 보고 신나게 춤추고 잘 놀아서 다행이었다.

버드랜드는 에어컨을 켠 실내라 괜찮았는데 간월암에 도착하니 찜통 같은 더위에 임신 중이어서 몸이 무거운 딸에게 미안하였다. 손녀딸은 바다위에 놓여 있는 길에서 양산을 자신이 쓰고 다녀야 된다며 고집을 부리는데 양산을 쓰면 온 몸이 가려져서 걷지도 못할 정도라 평소보다 서너 배의 시간이 걸려서 간월암을 배경으로 사진 찍는 곳에 도착하였다. 사진을 찍으려다가 깜짝 놀랐다. 누구의 아이디어인지 모르지만 사진 찍으면 장애물처럼 보였던 안전 보호대가 없어지고 두꺼운 투명 아크릴로 막아 놓아서 오롯이 아무 장애물 없이 간월암 사진을 찍을 수 있었다. 누군지는 모르지만 그런 생각을 해낸 사람에게 칭찬을 해주고 싶었다. 이제는 간월암이 완전한 '천수만에 핀 연꽃 한송이'가 되었다는 생각이 들었다.

서산간월암 목조보살좌상은 충청남도 지정 문화유산이다. 타원형의 얼굴에 부드러운 인상이며 나무로 만들어져 있어서 가볍다. 제작 시기는 정확한 기록은 없지만 양식적인 특성상 16~17세기에 만들어졌을 것으로 추정하고 있다. 대부분의 사찰에는 산신각이 함께 있지만 산신각과 함께 이곳 간월암은 바다에 떠 있는 특성상 용왕각이 있는 것이 특징이다.

고려말 태조 이성계를 도와 조선왕조를 세운 후에 태조의 왕사가 되었던 무학대사(1327~1405)가 이곳에서 수도하던 중에 달을 보고 깨달음을 얻게 되었다. 그 후에 섬 이름을 '간월도'라 하고 절 이름을 '간월암'이라고 하였다. 연꽃 한 송이가 오늘도 천수만 바다 위에서 목탁소리, 풍경소리, 파도 소리 화음으로 노래하고 있다.

3부

꽃 속에 숨은 이야기,
이야기 속에 숨은 꽃

꽃 속에 숨은 이야기,
이야기 속에 숨은 꽃

    고통 속에 얻어지는 것이 더 의미가 있고 소중하듯이 겨울의 혹독한 추위를 견디고 나온 봄꽃은 뜨거운 여름이나 가을에 피는 꽃보다 더 사랑스럽다.

    '납매'는 12월에 핀다고 하여 '섣달 매화'라고도 한다. 작고 소박하여 향기가 퍼지고서야 꽃이 핀 것을 알 수 있다. 그 향기의 달콤하고 은은함은 글로 표현하기가 쉽지 않다. 오직 몸으로 직접 느껴봐야만 공감할 것이다.

    '납매'의 향기가 봄의 기운에 밀려 사라질 때쯤이면 땅속에서는 봄꽃들의 분주함으로 발밑이 들썩거린다. 움츠렸던 마음을 녹여주는 것이 봄꽃이라서 가장 반겨주고 싶다. 전 세계에 야생화 수는 30만 종을 헤아릴 정도이다. 우리나라 야생화 수는 5,000여 종에 달한다. 이 모든 꽃 중에서 아름답지 않은 꽃이 있을 리 없다. 사람은 물론 벌, 나비, 곤충 등을 유혹하려고 여러 가지 모양으로, 색으로, 향기로 자신의 개성을 한껏 뽐내고 있다. 들에 피는 꽃의 이름은 작명소에서 지은 것이 아니다. 처음 발견한 사람의 이름을 따서 짓기도 하고 모양이 머릿속에 떠오르는 물건과 비슷하면 그 모양의 이름을 넣기도 한다. 예를 들면 잎사귀가 톱 모양이라서 톱풀, 잎이 솜털이 난 노루귀 모양이라고 해서 노루귀, 꽃 모양이 흰색 방울 같아서 은방울꽃, 꽃 모양이 주머니 같아서 금낭화, 꽃이 투구 모양이어서 투구꽃 등 다양하다. 이뿐만이 아니라 냄새에 따라서 꽃 이름이 지어지기도 한다. 생선의 비린내가 난다고 해서 어성초, 노루의 오줌 냄새가 난다고 해서 노루 오줌, 쥐 오줌 냄새가 난다고 해서 쥐오줌꽃 등이 있다. 이름만 듣고서는 얼굴을 찡그릴 수 있지만 흰색과 분홍색의 작은 꽃송아리가 모여 하늘거리는 노루오줌꽃을 보면 아름다움에 감동하여 미소 짓게 된다. 이름만 듣고 꽃을 판단해서는 안 된다는 것이다.

계절이 겨울과 봄에 한 발씩 살짝 걸린 듯 할 때 봄 쪽으로 팔을 당겨 끄는 꽃이 '복수초'일 것이다. 눈 속에 피는 노란색 꽃잎이 흰 눈과 대비되어 더 화사해 보인다. 얼마나 열정을 바쳐서 꽃을 피우는지 꽃의 열기로 꽃 주위에 있는 눈을 녹이니 차가움과 열정이 만든 걸작이라고 할 수 있다. 꽃잎이 황금색이어서 복과 장수를 상징하며 동양에서는 '영원한 행복'이라고 하고 서양에서는 '슬픈 추억'이라는 극과 극인 꽃말이 있다. 어떻게 한 가지 종류의 꽃에 이렇게 다른 꽃말이 있을까 갸우뚱했는데 이 두 의미의 꽃말을 직접 체험해 본 일을 겪고 나서야 동서양의 꽃말을 모두 믿게 되었다.

몇 년 전에 들꽃 구경을 할 겸해서 세 가족이 나들이를 나섰다. 우연히 찾아간 골짜기 전체가 노란별이 박힌 듯 '복수초' 꽃이 피어 있는 모습에 한동안 넋을 잃을 정도였다. '천상의 화원이 바로 이런 곳이구나!'라는 생각이 들었다. 동행한 분들과 이 계곡에 있는 꽃에 대하여 누구에게도 알리지 말고 비밀의 화원으로 지키자고 약속을 하였다. 꽃의 군락지가 알려지면 그 꽃이 그 자리에 계속 있도록 지킨다는 것을 장담할 수가 없기 때문이다. 집에 와서 눈을 감아도 그 비경이 자꾸 떠올랐다.

다음 해에도 이른 봄이 되자 그곳에 찾아갔는데 꽃들이 세력을 늘려서 더 장관이었다. 우리만 보는 것이 죄스러울 정도였다. 강원도의 함백산에 가면 아름드리 소나무 사이의 평지 숲에 다양한 들꽃이 어우러져 있어 보행에 불편을 느끼는 사람도 불편 없이 들꽃을 마음껏 구경할 수가 있다. 이 골짜기도 누구나 '복수초' 꽃의 아름다움을 볼 수 있는 방법이 없을까 고민을 하였다. 모처에 찾아가서 이런 곳이 있으니 훼손시키지 않고 보전할 방법을 물으니 그저 그런 답변을 해주었다. 다음 해 봄에 찾아간 골짜기는 완전히 변해 있었다. 그 많던 꽃은 사라져 버린 후였다. 믿을 수가 없어서 허무할 뿐이었다. 동양의 꽃말인 영원한 행복도 잠시이고 서양의 꽃말인 슬픈 추억으로만 기억되어버린 '복수초'가 준 슬픈 이야기로 끝나 버렸다.

　귀한 것만 아름다운 것은 아니다. 이른 봄 길가나 들판에 허리를 숙이거나 쪼그리고 앉아서 보아야 제대로 볼 수 있는 아주 작지만 흔한 꽃이 있다. 그 꽃의 이름이 무엇이냐고 물어보면 선뜻 대답하기 민망해서 조금 망설이게 만드는 꽃이 있다. 재차 물으면 어쩔 수 없이 조그맣게 "개부랄꽃이요."라고 대답해야 하는 꽃이다. 그런데 다행스럽게도 이 꽃이 '봄까치꽃'으로 개명 되었다. 꽃잎 끝에 살짝 남빛 물을 묻히고 앙증맞게 핀 꽃의 이름으로 잘 어울리는 것 같지는 않지만 그나마 꽃 이름 부르기가 대답조차 망설이게 했던 옛 이름에 비하면 얼마나 다행인지 모른다. 꽃말이 '기쁜 소식'이라니 이른 봄에 피기 때문일 것이다. 꽃 이름을 말하기 곤란한 경우가 있는 반면 여러 번 말해도 이해하지 못하는 경우가 있었다. '깽깽이꽃'이 바로 그것이다. 무슨 그런 꽃 이름이 있느냐고 반문하는 사람이 있었다. 그 꽃은 잎이 나기 전에 연보라색 꽃이 피는데 꽃 색의 오묘함과 하늘거리는 모습은 한 번만 보고 지나쳐 갈 수 없는 매력이 있다. '깽깽이꽃'의 씨앗을 개미가 좋아해서 낑낑대면서 씨앗을 나르는 모습에서 '낑낑이'가 '깽깽이'로 변하여 꽃 이름으로 부르게 되었다고 한다. 개미 덕분에 본래 있던 꽃 주변은 포기 나누기를 한 듯, 엄마 주위에 모여 있는 자식들처럼 많이 번식한 것을 볼 수 있다.

　꽃이 아름답기만 해도 되는데 일부 남자들한테 큰 사랑을 받는 꽃이 바로 일부에서 '음양곽'이라고 부르는 '삼지구엽초'이다. 아이보리색의 꽃은 다소곳이 아래로 향하고 있는데 그 모양이 우아함의 극치를 보여준다. 이름에서 나타나듯이 줄기가 세 개로 나누어지고, 나누어진 데서 다시 세 개로 나누어져서 잎이 아홉 개로 되어있다. 꽃말이 '음양곽'에 맞춰진 듯 '당신을 붙잡아 두다.'라니 정말로 효과가 있는지 고개가 갸우뚱해진다. '삼지구엽초꽃'의 아름다움을 극찬했다면 이 꽃이 이의를 제기 할 것 같다.

　이 꽃이 바로 '큰꽃으아리'이다. 연한 연둣빛인가 하고 보면 흰색이 언뜻 보이는 지름이 10여cm가 족히 되는 큰 꽃이다. 숲속에서 나무에 기대어 피어 있는 모습은 결혼식 날 흰 드레스를 입은 신부 같은 자태이다. 고운 꽃과 정말 잘 어울리는 '마음의 아름다움'이 꽃말이다. 꽃가게서 판매하고 있는 화려한 색의 '으아리'인 '클레마티스'와는 구별하고 싶다. '클레마티스'는 그리스어로 덩굴식물을 뜻하는데 그들과 한 가족이라고 한다면 '큰꽃으아리'가 정중하게 사양할 것 같다.

　홀로 피어서 빛나는 꽃도 있지만, 인간들의 사회 구조와 닮은 꽃들이 있다. 군락을 이룰 때에 더 아름다워 보이는 꽃들이 '바람꽃'

과 '현호색', '얼레지' 꽃들이다. 가녀린 줄기가 바람에 산들거리려면 바람도 조연을 제대로 해주어야 한다. '바람난 여자'라는 불명예스런 꽃말을 가지고 있는 '얼레지'는 햇볕을 받기 위하여 꽃잎을 위로 말아 올리는데 군락지에 가보면 '얼레지꽃'들의 말아 올린 꽃잎이 꽃말과 닮아 있음을 인정할 수밖에 없다. 군락을 이루고 있는 모습을 보면 혼자서는 아름다운 장관을 연출할 수 없지만, 함께 피어서 모두의 감탄을 자아내게 하는 힘이 있다.

쥐방울덩굴과의 '족도리꽃'은 잎사귀 아래의 짧은 줄기 끝에 피어 있기 때문에 온전하게 보기가 쉽지 않다. 그 모습이 새색시 머리 위에 얹힌 족도리와 흡사하여 그런 꽃 이름을 갖게 된 것이다. 씨앗의 모양이 부채 모양이라서 지어진 미선나무는 잎보다 먼저 꽃이 핀다. 흰색, 연분홍색 꽃이 개나리꽃의 어린 손녀딸처럼 작지만 비슷하게 생겼다. 작은 꽃이라고 무시한 것이 무안할 정도로 향기를 맡고 나면 감탄이 저절로 나온다. 삼층집에 살 때 1층 현관에 미선나무 한그루를 놓았는데 그 향기가 3층까지 풍겨서 집안에 향기가 가득했던 적이 있었다. '미선나무꽃'의 향기에 뒤지지 않는 것이 '고광나무꽃'이다. 산나물로 알고 채취하는 사람들은 '오이꽃나물'이라고 하는데 흰색의 꽃과 향기를 감상하려면 맛있는 나물을 포기해야 한다. 흐드러지게 핀 꽃송이를 보면 숲의 축복을 받은 느낌이다.

안면도에 자생하는 '새우란'은 귀해서 더 사랑을 받는 꽃이다. 꽃 색깔이 흰색, 노란색, 보라색 등으로 꽃이 피는 순간부터 귀티가 흐른다. 잎사귀의 모양은 주름 잡힌 치마 같다. 그냥 예쁘다고 표현하면 가벼운 표현 같아서 고귀한 모습이라고 표현해야 그나마 위안이 될 정도이다. 이렇게 다양한 봄꽃을 품은 산과 들이 있다는 것이 고마운 봄날이다. 바빠도 주위를 둘러보고 그들의 모습과 향기를 보고 느끼는 여유로운 마음을 갖는 것이 작은 행복일 수 있다는 생각이 든다.

달콤한 1년

　남편은 2021년 2월에 교사 생활을 정년퇴임하고 그냥 일반인이 되었다. 더 깊이 들어가면 백수가 된 것이다. 하지만 호락호락하게 백수의 길로 들어설 이과 남자가 아니다. 퇴직 10여 년 전부터 산도 아니고 밭도 아닌 어정쩡한 곳에 과일 나무를 심고 시간 나는 대로 그곳에 온 정성을 투자하였다. 가꾸지 않아도 지나치게 잘 자라는 풀 때문에 뙤약볕에서 예초기를 돌릴 때면 저렇게 힘든 일을 왜 하는지 안타깝고 이해가 되지 않았다. 힘든 제초작업도 며칠 있으면 원상 복구 되는 현실에 백기를 손에 쥐어 주고 싶은 적도 한두 번이 아니다. 이렇게 준비 작업을 열심히 한 후에 직장 동료 분들과 자식들이 마련해준 화려한 퇴임식을 맞이하더니 나에게 정말 눈이 번쩍 뜨일 놀랄만한 제안을 하였다. 학교 다니는 40여 년 동안 뒷바라지 하느라고 고생했으니까 아침식사는 본인이 준비해

준다는 것이었다. 속으로 놀랍고 기뻐서 소리 지를 뻔 했지만 전혀 생각도 못한 일이라 어리둥절하면서 흔쾌히 수락하였다. 그리고 정중하게 고마움을 표시하였다. 나의 결혼 생활은 약간의 암흑기가 포함 된 상태라 날로 좋아지는 것을 표현하자면 행복지수가 상승곡선을 이어가고 있다고 말 할 수 있다. 그런데 아침은 그냥 앉아서 받아먹을 수 있다고 하니 이보다 더 좋을 수가 없었다. 오전에 강의를 가려면 식사 준비도 해야지 화장도 해야지 정말 정신이 하나도 없이 바빴다. 하지만 내 치장만 신경 쓰면 식탁에 음식이 차려져 있으니 처음 며칠 동안은 이렇게 생활해도 되는지 실감이 나지 않았다. 그런데 익숙해지니까 편한 맛에 길들여져서 차려준 아침밥을 당연하게 먹으면서 이런 행복을 남자만 누린다는 것은 공평하지 않다는 생각이 들었다.

요즘은 홀몸 노인이 남자일 경우 자신의 식사 준비를 못하는 경우가 많아서 여러 단체에서 무료로 요리 교실을 열어준다. 이런 현상이 생기는 이유는 요리는 여자 몫이라는 것이 암묵적으로 정해져서 남자는 해주는 밥을 먹는 것을 당연하게 여기며 살아온 결과일 것이다. 남편이 퇴직을 하게 되면 아내는 우울증에 걸리는 경우도 있다고 한다. 아내를 배려해서 외출도 하고 친구를 만나서 외식도 하면 좋으련만 집안에만 있으면서 삼시 세끼를 집에서 먹게 되면 식사 준비를 하느라고 아내는 주방에서 벗어날 수가 없다. 슬픈 일이지만 하루 한 끼 식사도 안하는 사람은 영식님이라고 하고 한 끼 먹으면 일식씨, 두 끼 먹으면 이식이라고 부른다고 한다. 또한 '하와이'라는 말이 있는데 태평양에 있는 섬이 아니라 '하루 종일 와이프랑 있는 남자'를 말한다니 '웃픈' 즉 웃음이 나오지만 슬픈 이야기이다.

　한평생 직장 다니다가 퇴직한 후에 집에서 편하게 쉬지도 못하는 생각을 하면 한편으로는 안타깝다. 어떤 남편은 한번 상에 올라온 음식을 절대로 먹지 않는다고 한다. 이렇게 하려면 아내는 얼마나 스트레스가 쌓일까 걱정이 된다. 이런 경우에는 딱 하루만이라도 남편이 아내를 위해 받은 만큼 음식을 준비해 주면 어떤 생각이 들까? 역지사지가 되면 고생하는 아내를 이해 할 수 있을까? 음식을 먹는 다는 것은 살기 위한 한 방법이다. 그런데 먹는 것을 준비하는 것이 살아가는 목적이라고 한다면 똑같은 인간으로서 서글픈 일이라고 생각한다. 이제는 시대가 변하여 젊은 세대들은 부엌일을 하는 것이 남녀 구별이 없다. 부부가 경제 활동을 함께 하다 보면 시간이 되는 사람이 음식을 준비하는 것이 자연스러워졌다. 잠이 없어서 새벽에 일어나는 한 젊은 남편은 아침잠이 많은 아내를 위하여 아침 식사를 준비해서 식탁에 차려 놓고 거기다가 영양제까지 조그만 접시에 챙겨 놓고 출근을 한다고 한다. 가정에서 여러 가지 일을 구분하는데 있어서 큰 틀은 정해 놓는다 해도 이것은 남자 일이고 저것은 여자 일이라고 고정화 시키는 것은 좋은 방법이 아닌 것 같다.

얼마 전에 TV를 시청하는데 그곳에 나오는 부족은 모계 사회라서 여자가 경제 활동을 책임져야 하기 때문에 체력적으로 힘이 부치는 힘든 일도 당연하게 여자들의 몫이었다. 큰 나무를 자르고 있는데 남자는 옆에서 빈둥빈둥 놀고 있는 것이었다. 힘을 써야 하는 일은 체력적으로 힘이 센 남자가 하면 더 효율적일 텐데 비합리적인 틀에서 벗어나지 못하는 것이 수긍이 안 갔다. 아기를 낳아서 기를 때도 함께 기르는 것이 당연한 것인데 어떤 남편이 아내를 도와줘야 한다고 표현해서 여성들의 질타를 받은 일이 있다. 육아는 도와줘야 하는 것이 아니라 당연히 해야 하는 일이라는 것이다. 양성 평등이어야 한다고 외치면서 어떤 부분은 남성이 또 어떤 부분은 여성이 차별 당한다고 서로 주장한다. 40여 년 결혼 생활을 하다 보니까 서로 측은지심으로 생각하면 내가 일을 더하고 덜하고 따질 필요가 없다는 생각이 든다.

　1년 동안 누리던 달콤한 아침시간의 여유는 남편이 다시 학교에 나가게 되면서 자연스럽게 사라졌다. 다시 아침에 일찍 일어나서 음식 장만을 하면서도 1년 동안 하루도 빠짐없이 맛있고 정갈한 아침 식사를 준비해준 남편에 대한 고마움이 떠올라 행복한 마음이 든다. 하지만 학교를 안 나가게 되면 언제든지 아침 식사 준비를 하도록 복직할 기회를 드릴 테니까 할 일이 없다고 걱정하지 말라고 다시 찾아 올 달콤한 시간을 잊지 않고 마련해 두었다.

　　　　　　　　　　　　　　　꽃 속에 숨은 이야기, 이야기 속에 숨은 꽃

도비산에 무지개 뜨다

2024년 가을은 특히 집안에 앉아 있을 시간을 허락하지 않는다. 여기저기서 다가오는 겨울을 힘껏 밀어내며 가을의 공간을 조금이라도 더 넓히려고 안간힘을 쓰고 있다.

도비산 자락의 꽃밭 속에 웅크리고 숨어 있는 듯한 '수도사' 사찰에서 '사찰음식 대향연'이 열렸다. 남편의 스케줄이 없어진 덕분에 추억을 한 아름 모을 수 있게 되었다.

음식 대향연이라고 하니 관심 있는 사람들이 몰려와 흡사 수백 가지 색깔로 단풍이 든 듯하였다. 도착하자마자 공양 체험 공간에 들어섰다. 체험 중에서 가장 행복한 체험이라고 할 수 있는 것이 공양 체험이라는 것을 눈으로만 바라 봐도 알 수 있었다.

에피타이저는 식사의 전반적인 경험을 향상시키기 위해 입맛을 돋우는 역할을 한다. 또한 메인 코스를 즐기기 전에 미각을 깨우고 식욕을 자극하는데 도움이 되는 것을 말한다. 에피타이저 역할을 하는 것이 바로 공양 체험이다.

노란 호박식혜에 동동 떠 있는 밥알, 초록색 목련잎에 놓인 작은 뻥튀기 위에 앙증맞게 놓인 색색의 타래과와 흑임자 다식, 인절미와 절편이 작은 그릇에 이마를 맞대고 있다. 가을의 태양을 듬뿍 머금은 보랏빛 포도, 빨간 토마토, 노란색 귤이 뷔페로 차려진 메인 코스를 즐기기 전에 미각을 깨워주고 식욕을 자극해 주었다. 마음이 통하는 분들과 함께 나누는 공양 체험은 뜨거운 가을날에 그보다 더 뜨거운 추억으로 남게 되었다.

대웅전 뒤편에 전시된 사찰 요리는 '요리'라는 낱말을 슬쩍 빼버리고 '예술'이라는 낱말을 넣고 싶었다. 초록색 연잎 모양의 그릇에 빨갛고 노란 연근조림이 담겨 있어 이산가족이 만난 것처럼 행복해 보였다.

갈색 들깨, 흑임자, 연두색 호박씨, 노르스름한 땅콩 등 다양한 재료의 강정은 조청으로 다져진 끈끈한 우정을 나누고 있다. 구절판 안에는 오색 과일이 장미로 다시 피어나고 땅의 기운을 다 끌어모은 인삼정과는 긴 두 팔을 벌려서 환영하는 몸짓을 하고 있다.

꽃 속에 숨은 이야기, 이야기 속에 숨은 꽃

알딸딸하게 술기운이 약간 오른 증편이 흰 얼굴에 대추, 밤, 석이버섯으로 한껏 치장하였다. 붉은 수수 속에 더 붉은 팥이 몸을 숨기고 있는 수수부꾸미, 흰 시루떡에 검은 석이가 음표처럼 움직이며 축하의 노래를 부르고 있다. 떡 위에 노란 모자를 쓴 녹두경중병, 버드나무 채반 위에 놓인 화전 얼굴에 코스모스꽃이 피었다. 단호박구름떡은 파란 하늘에서 내려와 몸을 기대고 앉아 있다.

　말랑말랑한 곶감 팔에 호두가 안긴 곶감호두말이, 깻잎, 가죽잎, 들깨 송이는 뜨거운 기름 속에서 몸을 만들고 고운 흰옷을 입고 부각이 되었다.
　노랑, 검정, 연두, 분홍 다식이 동글동글 꽃이 되었고, 초석잠, 아카시아꽃, 초피, 머윗대, 매실, 고추, 죽순, 신선초 등이 장아찌 가족을 이루었다.

　유미죽, 녹두죽, 완두콩죽, 잣죽, 흑임자죽이 서너 가지 반찬과 함께 개다리소반에 놓여있고 애호박두부찜은 반을 자른 애호박이 천수만에 두 척의 배처럼 그릇 위에 떠 있다.

　사찰 음식 전시한 것을 둘러보니 자연의 빛이 다 모인 무지개를 조금씩 음식 위에 정성을 다하여 뿌려 놓은 듯 곱고 고왔다.

　뷔페로 차려진 메인 요리는 그 수가 여러 가지여서 몇 가지는 접시 위에 담지 않았다. 사찰 음식은 소박하지만 화려하고 정갈해서 먹을 때 소리 없이 미소 지으며 먹어야 제맛을 느낄 수 있고 은은한 멋이 있다.

색색의 요리를 도비산 자락에 가득 담아 놓으니, 사람들의 마음속에도 산자락에도 무지개가 활짝 피었다.

되로 주고 말로 받는 사람

　배움은 평생교육이라고 한다. 또 누구는 배움에는 때가 있다고 한다. 이 두 가지 의미 있는 문장을 현장에서 절실하게 느끼며 살아 온지 20여 년이 흘렀다. 처음 문해교사를 시작할 때는 나 스스로 조금은 갖춰진 사람이라는 착각에 빠져 있었다. 하지만 한 해 한 해가 쌓여 갈수록 나의 부족함과 학습자에게 더 많은 것을 전달해 드리고 싶은 열망으로 그분들과 같은 배움의 길을 꾸준히 걸어오고 있다. 내가 한 가지라도 더 배우고 익히면 자연스럽게 수업의 완성도를 높일 수 있다는 생각이 들었기 때문이다. 또한 같은 배움의 길을 가면서 느끼는 만족감과 희열뿐만 아니라 이해가 안되고 기억하지 못할 때의 절망감을 학습자들과 공유 할 수 있기 때문에 그 분들을 더 이해 할 수가 있다.

　학창시절과 다르게 그 때 보다 더 많이 노력해도 머릿속에 남아 있는 것이 없을 때는 학습자분들이 먼저 생각이 난다.

공부의 열기를 주춤하게 한 세계적인 사건이 일어났다. 생명을 위협하는 코로나 때문에 대면 수업과 비대면 수업을 수시로 바꾸면서 어떤 분은 건강 때문에 그만 두시고 또 어떤 분은 다른 이유로 중도에 학교를 그만 둔 안타까운 일이 있었다. 하지만 배우려는 열정이 있으신 분들은 코로나를 물리치고 배움을 선물로 받으셨다.

긴 세월동안 함께 했던 수많은 학습자들이 모두 소중한 분들이었다.
그중에서 돋보기를 쓰셔도 흐릿하게 보이는 시력 때문에 힘들어하셨지만 가족의 모습을 사진보다 더 세밀하게 그리시는 놀라운 능력이 있으셔서 주위 사람들을 감탄시켰던 학습자가 계셨는데 이런 솜씨를 젊었을 때 펼칠 수 있었으면 얼마나 좋았을까 생각하면 안타까울 뿐이었다. 또 다른 한분은 가족사로 인하여 불행하게 사시던 분이었는데 시를 잘 쓰셨다. 잘 쓴다는 의미는 기교가 뛰어나서 잘 쓰는 것이 아니라 가슴에서 피를 토하듯이 슬픈 시어를 하나하나 꾹꾹 눌러서 표현하기 때문이었다. 자식을 둘이나 하늘나라로 보내고 절망에 계신 그분에게 세상에는 행복이라는 것이 있다는 것을 느끼게 하고 싶었다.

꽃 속에 숨은 이야기, 이야기 속에 숨은 꽃

그분의 허락을 받고 그분이 쓴 시를 몇 편 골라서 라디오 방송국에 보냈다. 그 프로그램은 모 방송국의 '여성 시대'였다. 설날 아침에 방송이 되었는데 가족 중의 한 분은 그 방송을 터미널에 앉아서 듣고 펑펑 울었다고 했다. 주위 사람들도 그분에게 위로와 사랑과 칭찬의 말로 쓰러지지 않고 버틸 힘을 모아주었다. 청각 장애인이었던 한 학습자는 귀가 안 들리기 때문에 대화를 나누기가 힘이 들었다. 하지만 다른 사람들 수십 배의 노력을 하신 덕분에 하루하루가 다르게 발전하셨다. 비대면 수업 때 전화로 수업을 할 수 없기 때문에 그분 댁을 방문하여 1:1 수업을 하였다. 방문 한 첫날 감동스런 장면을 보았다. 물건마다 이름을 붙여 놓고 글자를 익히고 계셨다. 평소에도 그림 카드를 사용하여 낱말을 익히신 덕분에 지금은 쉬운 몇 단어는 말로 표현하기 때문에 완전하지 않지만 소통을 할 수가 있었다. 이렇게 어려운 여건이지만 그림에 모든 표현을 쏟아 붓기 때문에 그림 솜씨가 뛰어나다. 또한 알파벳을 수십 번 반복해서 몇 권의 공책에 쓴 것을 보면서 노력을 뛰어 넘는 것은 없다는 것을 절실하게 느꼈다.

　　어느 날 한 학습자로부터 문자를 받았다. 그분은 공부는 물론 마을학교가 잘 운영 될 수 있도록 엄청 애쓰셨던 분이다. 시골에서는 품앗이를 다녀야 자신의 농사를 지을 수 있는데 일 할 사람을 구하기 어렵기 때문에 서로 오고가며 일을 해주어야 하기 때문이다. 이분이 품앗이를 가려면 어쩔 수 없이 결석을 하셨다.

그럴 때는 새벽에 학교에 나오셔서 깨끗하게 청소를 하고 차도 끓여다 놓고 칠판에 '선생님 죄송합니다. 저는 오늘 일 가야 되기 때문에 결석합니다.'라고 커다랗게 써 놓고 가셨다. 처음에는 '제송'으로 쓰셨다가 시간이 지나면서 '죄송'으로 바르게 바뀌어갔다.

졸업을 하고 몇 년이 흐른 후에 '선생님 덕분에 공부해서 운전면허 시험에 합격했다'는 내용의 문자를 받았다. 부모 없이 고생 하며 살아오면서 글을 배울 기회가 없었던 그분은 본인은 물론 글을 배울 기회가 없었던 동네 분들을 위해서 더 발 벗고 나서서 배울 기회를 주고자 노력하셨다.

이렇게 많은 장점을 갖고 계신 학습자분들을 만날 수 있는 매주 화요일과 목요일은 나에게 행복한 날이다. 문을 열고 교실에 들어서면 서로가 모르는 것을 질문도 하고 가르쳐 주면서 공부하고 계신다. 그 모습을 보면 나의 모든 것을 그분들에게 전달하고 싶은 열정이 타오른다. 그 공간에 들어서면 2시간이 언제 흘러갔는지 모를 정도로 눈 깜짝할 사이에 지나가 버린다.

눈이 어두워지고 귀가 안 들리고 손이 떨리고 몸이 편찮으셔도 열심히 배우시는 학습자 어르신들에게 바라는 것은 단 한 가지 건강하게 오래오래 사시라는 부탁 한 가지뿐이다.

졸업 후에 서로 소통할 수 있는 방법인 휴대폰 사용법을 가르쳐

드리고 있다.

문자와 사진 보내는 방법을 배우자마자 잊어버리기를 반복하신다. 내 휴대폰에 그분들의 문자가 차곡차곡 쌓여 갈수록 세상의 한 가운데로 당당하게 나서는 그분들 모습에 보람과 고마움의 감정이 겹친다.

밀리지 마

　길가와 하천변이 노랗게 물들었다. 금계국이 왕성한 번식력으로 당당하게 자리를 넓혀가기 때문이다. 어떤 곳에서는 씨를 뿌려 그들에게 날개를 달아 주니 타향살이에 물불 안 가리고 후손을 남기려는 본능이 함께 작용하여 집을 나서면 어디서나 만날 수 있는 꽃으로 정착하였다.

　이런저런 이유로 드디어 자리 잡았다고 노란꽃잎 흔들며 쾌재를 부르다가 몸을 움츠리게 하는 일이 생겼다. 그 꽃이 생태계를 교란시키는 귀화 식물이라 제거해야 된다는 이야기가 나오고 있기 때문이다. 일부에서는 그 정도는 아니라고 반박하는 사람도 있다.

　귀화 식물의 생존 능력은 무서울 정도다. 잡초인줄 알았던 미국

자리공은 그 크기가 나무 수준이어서 놀랍기만 하다. 1m를 훌쩍 넘기는 키에 주렁주렁 달린 커다란 포도송이 같은 열매는 그들이 우리 산천을 점령할 만반의 준비를 끝낸 모습이다. 살짝만 건드려도 열매가 떨어지면서 다시 땅속으로 들어갈 1단계를 훌쩍 넘겨버린다. 그 뿌리로 치자면 땅속으로 깊숙이 들어가서 송두리째 캐내려고 애쓰다가 포기 할 수밖에 없다. 이것이 자리공의 생존 전략이다. 캐다가 포기해서 남은 뿌리가 다시 불사조처럼 부활한다.

  이쯤 되니 토종 식물들은 한 발짝 나서기도 어려워서 주춤거린다. 분홍색 실타래 모양으로 피는 '타래난'은 어릴 적에는 흔하게 볼 수 있었는데 수십 년이 지나니 찾아보기 힘든 추억 속의 꽃이 되었다.

  노란 양탄자를 깔아 놓은 듯한 서양민들레의 위세도 대단하다. 꽃받침을 뒤로 젖히고 맹렬한 기세로 빈자리를 차지하고 자리를 내어 줄줄 모른다. 꽃받침에 꽃을 감싼 채로 웅크려있는 토종 민들레는 서양민들레에게 밀려서 기가 죽은 채 멀찌감치 밀려나 있다.

  스치기만 해도 상처를 주는 '가시박'은 박과 모습이 닮은 모양에 가시가 나 있어서 붙여진 이름이다. 북아메리카가 고향인데 무서운 속도로 번식하여 산과 들에서 주인 행세를 하고 있다. 가시박도 생태 교란종으로 분류되었지만 모른척 하고 자기의 세를 계속

해서 늘려가고 있다.

달밤에 청초하게 피는 달맞이꽃은 들판에서 가장 흔하게 볼 수 있는 식물중의 하나이다. 주변의 키 작은 잡초들의 영역을 쉽게 침범해 버렸다. 달맞이 씨앗은 채송화 씨앗처럼 아주 작아서 그 많은 씨앗이 제대로 발아 된다면 세상이 그들 것이 되어버리는 것은 시간문제이다. 씨앗에 여성 호르몬이 많이 함유되었다고 해서 여성들에게 사랑을 받으니 그나마 우리에게 도움을 주는 식물이라고 눈감아 줄 수 있다.

이제는 지구가 이웃처럼 되어 교류가 빈번하다보니 귀화 식물수가 자꾸 늘어나고 있다. 그 식물들이 토종 식물을 빠르게 밀어내고 있다는 것이 심각한 문제이다. 대부분의 풀은 추운 겨울에는 죽는데 새로 정착한 귀화 식물은 추위에도 파랗게 살아서 내 몸에 손대지 말라고 가시로 무장하고 당당하게 서 있다. 귀화 식물의 특징은 뿌리가 땅속 깊이 들어가서 어지간해서 제거하기가 어렵다는 것이다. 악착스런 생존력을 보면 이들에게 배울 점이 하나라도 있으니 다행이라고 위안을 삼아야 하나 실소가 나온다.

무릇 맛을 아는 나이

요즘은 재래시장 보다 대형 마트에서 물건을 구입하는 경우가 많다. 장날이 돌아오기만을 설레면서 기다리던 것도 옛 추억이 되었다. 홍성으로 유학을 가서 그곳에서 고등학교를 다닌 어르신께서 홍성 5일장에 바람도 쐴 겸 다녀오자고 제안하셨다. 서산도 2일과 7일에 5일장이 섰지만 지금은 상설시장으로 변해서 장날이라고 알 수 있는 것은 그날만 오는 뻥튀기 아저씨가 보이는 날이 되면 '아, 오늘이 장날이구나.'라고 알 수 있을 정도이다.

홍성 시장은 차로 40여 분이면 도착 할 수 있는 거리지만 아침 일찍 출발하였다. 도착해보니 벌써 주차 할 곳이 없을 정도로 하천변 주차장이 꽉 차 있었다. 어렵게 주차한 후에 시장에 발을 딛자마자 신세계가 펼쳐졌다. 일행은 모두 환호성을 질렀다. 아직도 이런 곳이 있다니! 어떤 노래에 나온 가사처럼 '있어야 할 것은 다 있다'는 말이 딱 어울리는 풍경이었다.

먼저 시장을 찾아 온 많은 손님과 또 많은 상인들의 모습이 놀라웠다.

싱싱한 민물고기를 파는 곳에서는 가재와 장어가 한 통 속에서 자기 영역을 안 벗어나려는 듯 편을 갈라서 있었다. 싱싱한 새우도 톡톡 튀어서 발길을 잡았다. 서산에도 해산물이 풍부한데 홍성장도 서산 못지않게 다양한 종류의 해산물이 진열되어 손님을 기다리고 있었다. 먹고 싶었는데 쉽게 볼 수 없었던 수수부꾸미도 사고 한참을 시장 구경하다가 땅땅 울려 퍼지는 소리를 따라 찾아가 보니 정겨운 홍성대장간이 나타났다.

바쁘게 일을 하는 사장님에게 말도 못 꺼내고 부인에게 물어 보니 3대째 100년 넘게 맥을 이어오는 곳이라고 하였다. 사장님 이름이 돈 잘 벌라고 '무회'라고 지어 주셨다고 하는데 선견 지명한 작명이라는 생각이 들었다. 주인어른은 뜨거운 불 앞에서 담금질을 하고 계셨다. 우리는 소형, 대형 괭이 두 개를 구입했는데 손님이 줄을 서서 기다리고 있을 정도로 장인이 만든 물건은 인기가 좋았다.

오늘 홍성시장에 온 첫 번째 이유는 무릇을 사기 위해서였다. 요즘에는 먹고 싶어도 파는 데가 없어서 못 사먹고 있는 무릇을 방송에서 파는 곳을 보셨다고 해서 장사꾼들에게 물어물어 간신히 찾아갔다. 무릇 장사는 70대 정도의 아주머니로 성격이 싹싹하고 착착 붙는 말솜씨로 손님들을 맞이하였다. 커다란 플라스틱 통에 여러 통 담아 놓고 팔고 있었다. 추억을 소환하러 온 사람들이 많아서 줄서서 기다린 끝에 우리 차례가 되었다. 같이 가신 분이 돈을 지불해서 우리는 공짜로 얻어먹게 되었다. 우리 몫과 시어머니 몫까지 몇 봉지를 챙겼다. 무릇에는 고소한 콩가루를 뿌려먹어야 제맛이 나는데 콩가루까지 함께 팔아서 오랜만에 추억의 음식인 무릇을 맛있게 먹었다. 아린 맛도 덜하고 곤 물 색깔도 예전에 먹을 때와 다르게 옅은 색이 나고 싱거웠지만 그런 것을 따질 때가 아니라 무릇을 먹었다는 사실만으로도 옛날 기분을 느낄 수 있어서 행복하였다.

무릇을 먹다보니 10여 년 전에 가르친 한 학습자 어르신이 생각이 났다. 몸을 사리지 않고 마을을 위해서 봉사하시는 분인데 며칠 동안 무릇 캔 것을 모았다가 5일 정도 무릇을 고셨다. 거기에 적심으로 무청시래기, 쑥 등을 넣어서 뭉근하게 곤 무릇은 약간의 아린 맛과 감칠맛이 넘쳐났다. 무릇 물은 조청 수준으로 검은색이 났고 농도는 끈적끈적 할 정도였다. 온 정성을 쏟아서 만들어야 낼 수 있는 맛이었다. 많은 시간이 지난 지금에도 바로 어제 먹었던 것처럼 입맛이 다셔진다. 무릇은 알뿌리 식물로 보릿고개 시절에는 구황 작물로 사용하였으니 고마운 추억의 음식이라고 할 수 있다.

홍성재래시장은 오일장으로 5일과 11일에 장이 선다.
어른이나 아이들이 세상 구경을 원한다면 적당한 장소가 바로 이런 재래시장을 찾는 것이라는 생각이 들게 한 하루였다.

돋보기

　도구가 있어야 내가 원하는 것을 할 수 있다는 것은 서글픈 일이다.

　하지만 한 편으로는 그렇게 해서라도 글을 읽고 사물을 본다는 것은 정말 다행스런 일이다.

　작은 글씨는 두 개로 보여서 10이 100이 되는 신기하고 황당한 일이 자주 일어나고 있다. 이런 현상이 계속 되다보니 돋보기는 외출할 때 깜빡하고 그냥 나갔다가 자석에 끌려가는 쇠붙이처럼 다시 집으로 돌아와서 챙겨가야 한다. 독서의 중요성은 알지만 책과 자꾸 거리가 멀어져 가는 것은 시력 때문이라고 핑계를 대기 시작하였다.

　20개월로 접어드는 손녀가 내 팔을 자꾸 만져서 자세히 보니 작은 점을 보고 신기한지 만져 보는 것을 보고 어린아이의 시력에 감탄한 적이 있다.

  학생들의 연령대가 70~90세인 분들과 수업하다 보면 글씨가 안 보인다는 분을 자주 본다. 그분들은 돋보기를 안 쓰고 보이지 않는다고 하니 60을 넘었지만 학생은 돋보기를 안 쓰고 그분들 보다 젊은 나는 나이 많은 노인처럼 돋보기를 콧등 위에 걸고 있으니 무안 할 때도 있다. 돋보기는 눈에 딱 맞춰 쓰지 않고 콧등에 올려놓아야 잘 보이니 "나도 노안이에요."라고 널리 알리는 것 같다. 나이가 많아도 돋보기 없이 사물을 볼 수 있다는 것이 축복 받은 일이라는 것을 시간이 지날수록 더 느끼게 된다. 글씨가 잘 안 보인다는 어르신에게 "이제 꼭 돋보기 가져 오세요."라고 부탁하지만 그 때 뿐이고 다음 수업 시간에도 똑같은 일이 반복 된다.

  돋보기가 글을 읽을 때는 필수품이지만 그렇지 않을 때도 있다. 우연히 일을 하는 도중에 돋보기를 쓴 채 거울 앞에 서 있다가 나 자신을 보고 깜짝 놀란 적이 있다.
  화장 할 때는 돋보기를 벗어 놓고 하니 내 얼굴 상태를 자세히 볼 수 없었는데 적나라하게 보이는 주름과 잡티가 너무 선명하게 보였기 때문이다. 나이 들면 사물을 잘 볼 수 없는 것도 다 이유가 있기 때문인 것 같다.

　　　　　　　　　　　　　　꽃 속에 숨은 이야기, 이야기 속에 숨은 꽃

돋보기 없이도 읽을 수 있도록 휴대폰 글자를 크게 설정해 놓았다. 그렇게 해 놓으니 주변에 있는 사람들이 왜 그렇게 글자를 크게 해 놓았느냐고 물었다. 그건 당연히 글자가 잘 안보여서 그랬는데 젊은 사람들은 이해하기 어려운지 깔깔 웃기까지 한다. 세월이 흐르고 돋보기가 필요할 때가 되면 이해되겠지만 지금은 굳이 이렇다 저렇다 말해도 모를 것이다.

모처럼 바느질할 일이 있어서 바늘 중에서 제일 큰 것을 골라서 돋보기를 안 쓴 채로 눈을 찌푸리기도 하고 크게 부릅뜨기도 해서 간신히 실을 꿰었다. 그나마 바늘귀가 넓어서 성공했지만 돋보기 없이 요즘 들어 처음 꿰 본 일이라 작은 일이었지만 뿌듯하였다. 사소한 일에서도 나이 들어가는 것을 자꾸 깨닫게 되는 일이 많아지는 요즘이다.

퍼즐 맞추기

　삶의 회오리바람에 휘말려서 두발을 땅위에 굳게 세우려고 부단히 노력하며 살다보니 젊은 시절에는 미처 참여하지 못했던 여러 가지 모임이 있다. 그중에 하나가 바로 중학교 동창 모임이다. 50대가 되어서야 겨우 합류하게 되어 학창 시절에 있었던 소소하거나 놀랍거나 장르를 가리지 않고 추억의 퍼즐 조각을 하나씩 맞춰 나가고 있다. 고향에 거주하는 십여 명의 동창들이 한 달에 한 번씩 만남을 이어가고 있다. 중학교 졸업 후에 각자의 길을 걷다 보니 함께 한 교차점이 없는 경우에 나타나는 사라진 추억의 퍼즐 조각으로 인하여 대화의 단절이 간혹 나타날 때가 있다. 하지만 사는 방향과 높낮이가 달라도 우정의 강도는 단단하다. 그 원인은 바로 학창시절의 재미나고, 신나고, 사춘기 연정이 모락모락 피어나던 자잘한 추억이라는 공통분모 덕분일 것이다.

　　　　　　　　　　　　　　　　꽃 속에 숨은 이야기, 이야기 속에 숨은 꽃

4월 초순에 벚꽃이 꽃망울을 터뜨리는 팡파레 소리에 맞춰 열리던 중학교 체육대회가 올해는 이상 기온 현상으로 인하여 벚꽃이 일부는 지고 일부는 피어있는 상태가 되었을 때에야 개최되었다. 졸업한지가 50여년이 지나다 보니 원로 졸업생이 되어 버린 서글프지만 어쩔 수 없이 받아들여야하는 우리 동기들은 행사에 참석하면 후배들이 부담스러워 할 수 있다고 그날은 다른 곳으로 여행을 가자는 의견과 참석하자는 의견으로 나뉘었다. 언제 이렇게 세월이 흘러가서 우리가 뒷방 늙은이가 되었는지 실감이 나지 않는다. 마음은 중학교 학창시절에 머물러 있는데 거울 속에 서 있는 나의 모습은 현실을 깨달으라고 자꾸 재촉한다. 설왕설래 끝에 선배로서 참석하여 축하해 주자는 의견으로 정해졌다.

　행사 당일은 가뭄 후에 내린 단비 덕분에 교정은 세수한 개구쟁이 얼굴처럼 밝게 빛나고 있었다. 연둣빛 새싹이 트는 나무와 인조잔디가 깔린 운동장이 연두색으로 치장하고 '봄이야 봄이야.' 졸업생들의 함성에 뒤질세라 외치고 있었다. 모교에 대한 사랑처럼 불타는 붉은 동백꽃은 어느 친구의 브로치가 되고 자신의 역할을 마치고 땅위에 흩어져 누워있던 벚꽃 잎은 어느 친구의 손에 쥐어져서 꽃비처럼 친구들에게 동심을 담아 뿌려졌다. 꽃이 져야 열매를 맺는 것을 알지만 나무에 더 매달려 꽃으로 머물고 싶은 마음에 아직 초록으로 변하기전의 연둣빛 잎사귀마저 부러워하는 떨어진 꽃잎 위에 친구들과 나의 꿈들이 함께 뒹굴고 있었다.

각 기수별로 배정 된 테이블마다 젊음으로 와자지껄하였다. 바로 옆 테이블에는 우리 기수보다 20년이나 어린 후배들이 앉아 있었다. 손녀 재롱에 잠 못 드는 할머니로서는 부러운 모습이었다. 후배들 모습을 과거로 되돌리고 저 사람은 누구네 아들이고 저 사람은 누구 오빠고 언니라면서 우리들끼리 이 동네 저 동네 사람들 신상 파악에 세월이 변화시켜서 못 알아보게 된 모습을 어린 시절 모습으로 되돌리면서 퍼즐 맞추기를 하였다.

우리들이 학교에 다닐 당시의 학교 모습과는 너무 많이 바뀌어 현관문을 들어서자 잘 꾸며진 카페에 들어선 기분이었다. 복도 벽에는 학생들의 수준 높은 미술 작품들이 전시되어 있어서 갤러리를 연상케 하였다. 이런 쾌적한 환경의 모교 모습이 감탄스러웠다. 하지만 나에게 익숙한 것은 잘 꾸며진 그런 모습이 아니라 잘 기억도 나지 않는 추억 저 편에 희미하게 떠오르는 그 무엇이다. 그동안 부지런히 맞춰 놓은 퍼즐의 모습을 보면서 물질적으로는 풍요롭지 못했지만 우리들의 학창 시절이 더 정겹게 느껴지는 것은 나만의 생각일까?

문제집 하나도 제대로 구하지 못해서 선배님이 물려준 문제집으로 공부를 하였지만 그것이 불행하다고 생각한 적은 없다. 그 시절에는 단짝 친구 삼총사가 등굣길에 서서 서로 바라만 보아도 웃음이 나와서 깔깔 대며 노느라고 학교에 가는 시간이 지체될 지경이었다. 지나가시던 선생님께서 "너희들이 이 길을 샀니? 왜 학교

꽃 속에 숨은 이야기, 이야기 속에 숨은 꽃

에 가지 않고 길에서 놀고 있느냐"고 호통을 치곤 하셨던 기억이 난다. 그 시절에 날린 웃음들은 어디로 사라지고 재미났던 일들은 또 어디에 숨은 것일까?

사라진 것을 온전히 찾을 수는 없지만 그나마 일 년에 한 번씩 체육대회 날에 학교에 찾아가서 추억의 퍼즐들을 찾아서 맞춰 볼 수 있는 것이 참 다행스럽다. 또 한 달에 한 번씩 만나서 퍼즐을 맞춰 보는 것도 쏠쏠한 재미가 난다. 남자 친구들의 무용담을 듣고 있노라면 여학생들이 몰랐던 대담함에 "정말이야?"를 반복하면서 추임새도 넣어 주곤 한다. 이런 모습이 70으로 달려가려는 나이를 먹은 중학교 동창생들이 없어진 퍼즐 조각은 포기하고 맞춰 놓은 퍼즐에 만족하면서 살아가는 지혜라는 생각이 든다.

화관을 쓴 팔봉산

　서산시 팔봉면에 있는 팔봉산은 높이가 362m로 여덟 봉우리가
이어진 높지는 않지만 바위와 소나무와 벚꽃이 어우러진 명산
이다.

　입구에서부터 흐드러진 벚꽃이 바람에 살랑이고 할머니들의 수
고로 만들어진 좌판 위에는 봄이 한 가득 차려져 있다.

　계곡 아래에는 온 산이 품었던 물이 졸졸졸 여행을 떠나느라고
바쁘다.

　전날에도 가족과 함께 이곳을 찾았다는 한 등산객은 계곡에서
가재도 봤다면서 아름다운 경치가 눈에 아른거려 다시 찾아 왔다
고 했다.

　마침 청설모가 나타나서 사람들의 귀여움을 독차지하였다.

　입구에서 조금 들어서면 조선시대 시인이며 서산의 대표적인 여

류시인인 오청취당 시비가 서 있어서 젊은 나이에 세상을 떠난 시인을 기리고 있다.

산을 오르고 싶은 사람은 감투 모양의 1봉부터 어깨봉인 2봉과 용굴이 있는 3봉등을 차례로 등산 하면 갖가지 모양의 바위와 만날 수 있고 가로림만을 내려다 볼 수 있어서 좋은 등산 코스이다. 서해 바다에서 많이 잡히는 우럭이 팔봉산에 등산 왔다가 쉬고 있는 우럭바위는 누가 이렇게 이름을 잘 붙였나 할 정도로 작명 실력에 칭찬을 해주고 싶었다. 그런데 얼마 전에 우리나라 산이란 산은 다 올랐었다는 분이 자신이 팔봉산 바위 이름을 지었다고 해서 놀랍고 신기하였다. 산을 오르기 힘들거나 산책 정도만 원하는 사람은 어송리 쪽으로 난 2.5km 길이의 임도를 걸으면 좋다. 팔봉산에 안겨 있으면 산 속의 경치에 취해서 다른 곳을 바라 볼 여유가 없다. 하지만 정상에 올라가서 보면 팔봉의 경치가 얼마나 수려한지 알 수 있다. 특히 호리병 모양이라는 가로림만을 다 눈에 담을 수 있어서 팔봉산 등산을 적극 권하고 싶다.

봄이면 엄마를 모시고 가족들이 자주 팔봉산을 찾았다. 엄마는 걷기가 힘드시면 산 아래쪽에서 기다려도 괜찮다면서 앉아계셨다. 몇 년 전에 엄마는 떨어지는 꽃을 따라 떠나시고 남은 가족인 남매들만 모처럼 찾아간 팔봉산은 팔봉의 자식들이 찾아가서 그런지 더 화사하게 치장하고 맞아주었다. 임도에는 양편에 흐드러지게 핀 벚꽃이 늘어서 있어서 꽃구경하느라고 빨리 걸을 수가 없었다. 구불구불한 길을 돌아 설 때마다 앞의 경치는 어떻게 펼쳐질까? 행복한 호기심이 생길 정도로 소나무와 벚꽃과 땅 위에 뒹구는 벚꽃 잎으로 수놓은 산길이 마치 팔봉산이 화관을 눌러 쓴 모양과 같이 새색시처럼 고왔다. 팔봉산이 이렇게 아름다운 산이라는 것이 뿌듯하고 기분이 좋았다. 걸을수록 매력에 빠져들게 하는 팔봉산! 자꾸 불러 보고 싶다.

초등학교와 중학교를 다니는 동안 팔봉산은 단골 소풍 장소였다. 그 때는 먼 길을 걷는 게 싫어서 팔봉산을 싫어했다. 그러다가 나이가 들어서 멀리서라도 팔봉산이 보이면 차를 세워 놓고 사진 찍을 정도로 팔봉산 사랑이 깊어졌다. 친구들도 팔봉산 이야기를 하면 자신의 집에서 잘 보인다던지 어디가면 더 잘 보인다는 말을 하면서 팔봉산의 정기를 받으려면 잘 보이는 곳에 사는 게 좋다는 말을 하며 애향심을 드러낸다.

이렇게 아름다운 경치를 놓칠까봐 봄이 더 머물러 있으면 하고 바람을 가져보다가도 잎이 푸르게 변하는 여름이 되면 계곡마다 흐르는 물소리가 합해져서 더 청량감을 주리라 기대해 본다. 팔봉 사람들은 다음 계절의 팔봉산을 상상 속에 그려 보며 행복해한다.

그냥 좋다

존재 그 자체가 소중해서 그 아이가 내뿜는 매력에 깊숙이 빠져 버린 지가 20개월로 접어들었다. 즐거움과 행복이 서로 부둥켜안고 있으니 자연스럽게 미소가 나올 수밖에 없다. 자신이 원하는 것이 있으면 "또, 또, 또"라는 말이 작은 입에서 동글동글 구르며 입 밖으로 튀어나온다.

누구는 "할머니" 하고 부르면 속상해서 쳐다보지도 않는다고 하지만 '할머니'라고 부르는 그 말을 듣기만 해도 마음까지 간지러워 웃음보가 터진다. 이제는 '할머니'에 '좋아'라는 말이 더해져서 "할머니 좋아!"라고 말하니 나는 더 좋다. "꽃"을 꽃이라고 부르는 것이 이렇게 경이롭게 느껴지다니 놀랍기만 하다. 하루가 지나면 또 다른 말을 배워서 원하는 의사를 표현하는 작은 생명체 덕분에 아직까지 없던 새로운 세상이 내 앞에 펼쳐지고 있다. 자신이 원하는 것을 시도해 보다가 안 되면 "안돼요. 도와주세요."하며 주변 사람들에게 도움을 청하는 아가!

세상에 나와서 처음으로 해보는 낱말들을 잘 짜 맞추어서 자신에게 맞게 활용하는 방법은 어떻게 알았을까? 아가의 눈에 처음 보이는 수많은 물건들은 얼마나 신기하고 궁금하고 놀라울까?

빛나는 두 눈은 새로운 것을 탐색하느라고 별빛처럼 반짝인다. 알고 싶은 열정은 "뭐야"라는 질문의 무한 반복으로 기어이 이해한 후에 자신의 것으로 만들고서야 멈춘다.

몇 달 만에 만나면 잠시 깊은 눈으로 바라보다가 달려와 품에 안긴다. 자신에게 사랑을 주는 사람을 어떻게 알아차리고 온 몸으로 사랑을 표현하면서 받아줄까?

손가락만 한 신발을 신고 인생의 탐험 길에 나서는 초보 탐험가에게 어른의 역할에 대한 무거운 책임감이 느껴진다. 그 아이가 행복의 길로 걸어 갈 수 있도록 퍼주는 사랑과 함께 이성적인 사랑도 필요하다는 것을 느낀다.

40여 년 전에 경험 없는 초보 엄마의 육아에 대한 수많은 시행착오는 신세대인 딸에게 어떤 가르침을 줄 수 있을지 의문이다.

예전에 없었던 아기가 사용하는 수많은 육아용품과 새로운 육아 방법에 약간 움츠러든다. 삼남매를 낳아 길렀는데 나의 육아법은 유효기간이 지난 것 같다.

엄마에게 안아달라고 해서 아이들을 키울 때 사용한 포대기로 할머니가 업어주었다. 등에 착 기대오는 따뜻함과 부드러움에 할머니와 아가의 행복한 감정이 포대기 속에서 몽글몽글 피어났다.

큰아들을 낳았을 때 친정엄마가 선물로 사주신 누비포대기는 세 아이를 기를 동안 유용하게 잘 사용하였다. 포대기를 긴 세월 동안 보관해 온 이유는 엄마에 대한 고마움을 간직하고 싶었기 때문이다. 엄마의 사랑이 증손주에게까지 이어진 것 같아서 흐뭇하였다.

나보다 더 현명하고 똑똑한 자식에게 앞으로 새로운 육아법을 배워서 손주들에게 사랑을 주고 싶다.

해미읍성,
탱자꽃봉오리 터지다

김인숙 수필집

4부

산책자

산책자

　가을에는 여기저기서 시가 날아다닌다. 하얗게 흔들리는 억새 풀 위로, 곱게 물든 단풍잎 위로 날아다니다가 푸른 하늘빛에 물들까봐 조심하면서 내 가슴속에 살포시 앉았다. 사람들은 날아다니는 시를 가슴에 모아 놓는다. 가슴속에 갇힌 시는 다른 사람들을 만나러 날아가려고 움찔거린다.

　문화원에서 시낭송대회가 열렸다. 날아다니던 시들을 모아 놓았다가 창공에 날리는 행사처럼 모두가 신중하게 내 목소리가 아닌 시의 목소리로 의식을 치렀다.
　의식이 끝 난 후에 드디어 '산책자'가 등장했다.
　자그마한 키에 대추 같은 단단하고 갸름한 얼굴을 한 모습이었다. '산책자' 답게 청바지에 운동화 차림이었다. 아마 이곳도 산책하듯이 찾아 온 것 같았다.

자신의 직업인 전업 작가 앞에 '산책자'를 먼저 내세웠다.

도시 생활을 정리하고 지방으로 내려가 저수지 가에 집을 짓고 매일매일 글을 읽고 글을 쓰고 산책하는 생활을 한다면서 당당하게 자신을 '산책자'라고 소개하였다. 산책자를 그냥 산책하는 사람이라고 생각했는데 '살아 움직이는 책'을 의미하는 것은 아닐까 하는 생각을 잠깐 해봤다. 걸으면서 자연을 보고 사유한다면 머릿속에 있던 글의 찌꺼기들을 자연의 신선함으로 다시 알차게 만들어낼 수 있을 것이다.

16개의 교과서에 실린 '대추 한 알'의 작가 장석주 시인의 이야기이다. 이 시는 문해학교 교과서에도 실려 있다. 이 시를 읽고 시의 깊이는 깊은데 쉽게 우리에게 전달되는 시라서 좋았다.

　　　대추 한 알

　　　저게 저절로 붉어질 리는 없다
　　　저 안에 태풍 몇 개
　　　저 안에 천둥 몇 개
　　　저 안에 벼락 몇 개

　　　저게 저 혼자서 둥그러질 리는 없다

저 안에 무서리내리는 몇 밤
저 안에 땡볕 두어 달
저 안에 초승달 몇 날이 들어서서
둥글게 만드는 것일 게다

대추야
너는 세상과 통하였구나!

'세상에 저절로 되는 것은 없다.' 하루에 6시간씩 책을 읽고 '인문학책' 100권을 저술했다는 말에 이 시의 첫 연 1행에 나온 말이 이래서 나올 수 있었던 것이다.

첫 수필집을 내면서 장석주 시인의 문학 강연을 듣게 된 것이 정말 행운처럼 느껴졌다. 첫 수필집을 내면서 필요하다고 느껴서 용기를 내어 시인에게 충고나 격려의 말을 한 줄 써 달라고 부탁을 하였다. 고맙게도 흔쾌히 응해 주셨다.

* 저게 저절로 붉어질 리가 없다.

이 말을 받은 순간 이 말은 내 인생에 화두가 되어 글을 쓸 때나 생활에서도 소홀함이 없이 살라는 격려의 말로 새기면서 살기로 하였다.
날아다니던 시가 내게 날아 온 멋진 가을날이다.

서식지

　편리한 것에 만족하며 아파트에서 생활한 지가 5년이 넘었다. 나름대로 바쁘게 살다 보니 삶의 질을 따지기보다 쉬운 방법이 더 필요해졌다고 할 수 있다. 스스로가 좋으면 됐다고 위안 삼고 살다 보니 내가 기르는 식물들은 힘없이 목만 길게 빼고 꽃 한번 제대로 못 피우고 야위어 가는 것을 보면서 미안한 마음이 들었다. 물론 환기는 매일 시키는 데도 그것만으로는 역부족이다. 신축 아파트일수록 창문의 선팅이 잘 되어 있어서 빛의 투과율이 40%나 줄어든다고 한다. 아파트에서 최대한 높이가 제일 높은 나무가 자랄 수 있는 높이까지가 사람이 살아도 좋은 곳이라고 한다. 하지만 고층일수록 인기가 좋은 것을 보고 직접 체험 해보니 고층이 장점도 있었다. 시내의 언덕 위에 있는 모 아파트 맨 꼭대기 층에서 바라보이는 곳은 천수만까지 막힘이 없이 시야에 들어왔다. 단독주택이나 아파트 저층에 살고 있는 사람들은 누리지 못할 시야권이라고 할 수 있다. 높고 낮은 곳에서 사는 것은 선택의 문제이다.

　환경에 맞게 태양의 혜택을 제대로 누리며 사는 것이 자연의 이치일 것이다. 하지만 인간의 만족을 위하여 희생되는 것이 얼마나 많은가? 이것은 인본주의 사상에서 유래한다고 하는데 그 말에 적극 찬성한다. 멋진 소나무들이 고객을 위하여 가식 상태로 있는 것을 볼 때마다 '잘 생겨서 고생하는구나!' 하는 생각이 들곤 한다. 본래 있던 자리에서 떠나고 싶었던 나무가 있었을까? 터를 잡고 수백 년을 살 수 있었을 텐데 부잣집 정원에서 주인의 들러리로 또는 건물 앞에서 보는 사람들의 눈요깃감으로 살아야 하는 처지가 그들에게는 얼마나 불행한 일이겠는가?

　제주도의 팽나무는 비바람과 모진 환경을 눕고 뒤틀리면서 견디어 왔기 때문에 수형이 아름답고 단단해서 육지 나무보다 비싸고 부르는 게 값이라고 한다. 그렇다면 그 나무들은 쾌적한 육지에서 사는 것이 더 행복할 수도 있는 것일까? 아니면 비바람이 있어야 팽나무의 빼어난 자태를 완성 시키는 것이니 고통을 감수하고라도 그곳에서 사는 것이 좋을 것 인지 아무도 모르는 일이다.

　고산지대에 서식하는 식물들의 꽃이 아름다워서 욕심내는 사람들이 많은데 환경 조건이 달라서 옮겨서 살리기는 쉽지 않다. 꽃을 계속 보고 싶으면 그냥 그 자리에 두고 보는 것이 가장 현명한 방법이다. 그들은 선택할 수가 없고, 선택받아야 하는 입장이기 때문이다. 선택하는 사람이 생각해야 하는 것이 바로 생물의 다양성에 관한 문제점이다. 생태계가 균형을 이루어야 생명의 그물망이 잘 보존이 된다. 인간은 다만 생물 속의 한 개체일 뿐이다. 선택권이 없는 동식물은 태어난 곳을 서식지로 정해서 살도록 하는 것이 인간이 할 수 있는 최소한의 배려일 것이다.

수상 화원

　태안의 안면도 승언리 시장은 1900년대 초에는 시장 근처까지 배가 들어왔었다고 한다. 1920년에 조선총독부에서 안면도를 통째로 사서 산림 및 송진 등을 채취하고 간척사업을 하게 되어 이곳의 지형이 바뀌게 되었다니 화가 나는 정도가 아니라 분통이 터진다.

　이런 사연이 있는 승언리에는 세 곳에 저수지가 있다.
　제1저수지는 안면고등학교 근처에 있으며 조구망터라고 불리던 곳이다.
　제3저수지는 안면초등학교 근처인 광지에 있다. 이런 내용은 그곳에서 수십 년을 사신 토박이께서 가르쳐 준 것이다.
　제2저수지에 연꽃을 최초로 심은 사람은 스님으로 일제 강점기 때에 억울하게 돌아가신 분들의 영혼을 달래기 위해서 심었다는 설이 있다. 연꽃을 심기 전에는 한 해 살이 물풀인 마름이 저수지에 많이 퍼져 있었다고 한다. 그러다가 연꽃을 심었다고 하는데 지금은 연꽃이 그 넓은 저수지 전체를 덮게 되었다니 번식력이 대단하다는 생각과 스님의 염원이 연꽃 송이마다 피어난다는 생각이 들었다. 차를 타고 지나면서도 긴 시간 동안 연꽃을 볼 수 있을 정도로 저수지 규모가 엄청 크다. 바다처럼 넓은 저수지에 가득 찬 아름다운 연꽃을 가까이까지 접근하기가 어려워서 구경하기가 힘이 들다보니 지나갈 때마다 목을 길게 빼고 안 보일 때까지 쳐다본 적이 여러 번 있었다.

　연꽃이 한창 필 때에 멀리서 보고 지나쳐 버린다는 것은 아쉬움이 많이 남는 일이다. 큰 맘 먹고 저수지와 가장 가까운 곳에 있는 펜션 옆에 있는 길로 들어가서 둑 아래로 내려갔다. 수초가 있었지만 그 위를 살살 걸으면 연꽃 근처까지 갈수 있을 것 같아서 용기내서 저수지에 한발을 디뎠다. 빨라도 너무 빠르게 나의 접근은 중단되었다. 금방 신발로 물이 들어와서 허무하게 포기하고 나와 버렸다. 저수지를 가로지르는 길이 생기면 더 좋고 저수지 둘레에 산책길을 만들어 놓는다면 연꽃을 구경하고 싶은 사람들이 좋아할 텐데 하는 마음만 가질 뿐이다.

　연꽃을 처음 좋아하게 된 때는 초등학교 시절이다. 고향 근처에 있는 인평 저수지에 연꽃이 수십 송이가 안 될 정도로 작은 규모로 피어있었다. 저수지 가운데 부근에 피어 있어서 그냥 멀리서 바라만 보는 정도였다. 그 후로 연꽃을 보면 꽃잎 하나하나가 아름답고 특히 피기전의 꽃봉오리는 아기가 세상을 두 손으로 모아 쥔 것 같아서 신기하였다.

인상 깊게 연꽃을 본 곳은 부여 궁남지로 버드나무와 연꽃이 어우러져 어느 곳보다 멋스럽게 느꼈다. 연암 박지원이 4년 동안 군수로 있던 면천의 '골정지'에 심은 연꽃은 연못 중간에 있는 '건곤일초정' 덕분에 많은 풍류객들의 시어에 오르내렸음직하다. 경상도 함양에 있는 상림은 신라 때 최치원이 군수로 1년을 근무한 곳이라서 기념하기 위하여 조성된 숲이다. 숲 앞에는 넓은 공간에 연꽃을 심어서 아름드리나무와 잘 어울렸다. 경기도 양평의 '두물머리'에 있는 세미원의 연꽃은 만나러 가는 길이 멋이 있다. 나무그늘 아래 징검다리를 건너면서 한 걸음씩 다가가서 만나는 연꽃은 다양한 종류만큼 더 만족스러웠다.

연꽃은 더러운 진흙 속에서도 아름다운 꽃을 피워서 사랑을 받는다. 이런 이유로 사랑을 받는다면 서산의 중앙저수지가 가장 적합한 곳이라고 할 수 있다. 그동안 글로 표현하기조차 어려운 똥방죽으로 불리다가 호수공원으로 바뀌고 그곳에 연꽃을 가득 채웠다. 연꽃은 더러운 물속을 정화시키고 자신은 어떤 더러움도 묻히지 않은 채 고운 모습으로 피어나서 찾아오는 시민들에게 행복한 시간을 선물하기 때문이다.

산책자

세월이 흘러도 기억해야 할 사람

한 방향을 보는 사람들과 문학기행을 떠나는 날은 설렘과 약간의 흥분으로 여행의 기분을 최고조로 느낄 수 있다. 공지한 날부터 처음 가는 비림박물관과 예산황새공원이 여러 군데 코스 중에 들어가 있어서 이곳에 대한 궁금증으로 그날이 더 기다려졌다.

문학기행 장소가 가까운 홍성과 예산 지역이라 여러 번 찾아갔던 곳이었지만 갈 때마다 느껴지는 감동의 폭이 다르고 동행하는 사람에 따라서 공감의 차이가 있기 때문에 처음 가는 기분으로 집을 나섰다. 시청 앞에서 만나 지정해 준 차를 타게 되었다. 버스를 대절해서 가게 되면 옆에 앉은 사람하고 대화하는 정도이지만 승용차 안에서는 한 공간에 있는 사람들 모두가 대화에 참여할 수가 있다. 그렇기 때문에 회원 간에 문학적인 이야기나 사적인 이야기들로 화기애애한 시간을 가질 수 있었다.

　황새공원에 도착해서는 황새를 주인공으로 하여 잘 꾸며진 공원의 모습에 감탄하다가 꾸미지 않았지만 주어진 자연에 반해서 찾아오는 수많은 철새가 정거장으로 이용하는 서산이 더 멋있다고 생각을 고쳐먹었다. 예당저수지는 초등학교 때 소풍을 갔던 장소라서 수십 년이 흘렀지만 더 관심이 갔다. 청양의 '천장호'에 커다란 고추가 장식된 출렁다리가 처음 생겼을 때 관광코스로 인기가 좋았다. 하지만 '예당호'에 출렁다리가 생기니까 관광코스가 이쪽으로 바뀌어 천장호를 찾는 사람이 별로 없다. 이제는 논산의 탑정호에 예당저수지의 출렁다리보다 더 긴 출렁다리가 생겼다. 인간의 심리란 움직임이 없는 땅위만 걷다 보니까 출렁다리라도 걸어서 색다른 기분을 맛보고 싶어 하는 것 같다. 다른 곳에 이곳보다 더 긴 출렁다리가 생겼다 해도 끝이 보이지 않아서 바다처럼 보이는 넓은 규모와 아름다운 경치가 장관인 이곳의 인기가 시들지 않을 것 같았다. 뿐만 아니라 낚시하는 데 불편함을 느끼지 않을 정도로 시설이 갖춰진 낚시에 최적화된 공간이 저수지 위에 수상가옥처럼 떠 있었다. 이 정도가 되어서 그런지 어떤 관광지에도 기죽지 않을 정도의 관광객이 붐비었다. 점심은 저수지 근처의 식당에서 민물새우를 넣은 어죽과 부침개로 특별한 맛의 세계를 만나보았다.

흐린 날씨라 덥지 않아서 다행이라고 했지만 빗방울이 떨어지기 시작하면서 열정에 넘쳤던 문학기행도 비로 인하여 약간의 열기가 식은 듯하였다. 하지만 힘든 과정을 거쳐야 오래 기억된다는 교훈을 주려는 듯 성삼문 유허지에 도착했을 때는 비가 더 세게 내리기 시작하였다. 몇 년 전에 성삼문 외가라는 곳에 찾아갔었는데 한옥이었지만 집 구조가 2층처럼 꾸며졌었다는 희미한 기억과 3족이 멸하여 후손이 없다는 슬픈 사연만 기억하고 있었다. 차에서 내리자마자 충청남도 기념물인 유허비를 찾았다. 이 비는 큰길가에 세워져 있으며 비각으로 보호되고 있다. 사당으로 향하는 길을 걸으면서 다른 관광지에서 느꼈던 들뜬 마음을 이곳에서는 차분히 가라앉히고 정숙한 마음으로 대해야 된다는 것을 스스로 되뇌며 걸었다. 사당에 들어가자 제일 먼저 문고리에 꽂힌 나뭇가지가 눈에 들어왔다. 물론 자물통으로 채워 놓는 것도 삭막해 보이지만 나뭇가지로 꽂아 놓은 것도 그 안에 모셔져 있는 분에 대한 예의가 아니라는 생각이 들었다. 문을 열고 영정을 바라보니 미안한 마음이 들었다.

묘소인 설단은 비에 젖어 텅 빈 마음을 표현하는 듯하였다. 정작 그곳에 잠드셔야 할 분은 어디에 있는지 모른다고 하니 이 얼마나 애통한 일인가?

성삼문은(1418~1456) 창녕인으로 자는 근보, 호는 매죽헌이다. 세조의 찬탈에 죽음으로 저항한 사육신의 한 사람이다. '충신불사이군'의 정신을 지킨 대표적인 인물로서 오늘날에도 국민들에게 숭앙의 대상이 되고 있다. 아버지는 도총관 성승이며 어머니는 현감 박첨의 딸이다. 홍성 외가(홍북면 노은리)에서 태어날 때 하늘에서 "낳았느냐?" 하고 세 번 묻는 소리가 들렸으므로 '삼문'으로 이름을 지었다고 한다.

성삼문은 1438년(세종 20)에 식년문과에 정과로 급제하고 1447년 문과중시에 장원으로 급제하였다. 집현전 학사로 뽑혀 세종의 지극한 총애를 받았다. 훈민정음 창제시 정인지, 최항, 박팽년, 신숙주, 이개 등과 함께 참여했다. 훈민정음 창제에 크게 공헌한 것은 민족 문화의 차원을 높였다는 점에서 절의에 뒤지지 않는 큰 업적이라고 할 수 있다.

성삼문은 타고난 자질이 준수하고 경연과 문한을 도맡아 처리하는 등 정국 운영에 중요한 역할을 수행하였다.

계유정난 이후 모든 실권은 수양대군이 잡게 되었고 단종이 왕위에서 물러나고 수양대군이 즉위하게 되었다. 단종 복위운동이 누설된 후 잡혀간 성삼문은 당당하게 모의 사실을 시인하였다. 세조가 고문을 할 때 나으리라고 불렀으며 이에 세조가 "네가 나의 녹을 먹었거늘 어찌 나으리라고 하느냐?"고 물으니 "나는 단종의 신하일 뿐 그대의 신하가 될 수 없다. 그대가 준 녹은 한 톨도 먹지 않았으니 나의 집에 가서 보라."고 대답하였다. 집에 가서 보니 세

산책자

조에게서 받은 곡식은 그대로 쌓여있었다고 한다.

　모진 고문을 당하였으나 조금도 굴하지 않고 세조의 불의를 꾸짖고 신숙주에게도 세종과 문종의 당부를 배신한 불충을 꾸짖었다. 절개를 굳게 지키다가 안타깝게도 아버지 성승과 이개, 하위지 등과 함께 능지처사 당하였다. 성삼문은 임종 전에 다음과 같은 시를 읊었다고 전해진다.

　　　　북소리 목숨 빼앗길 재촉하는데
　　　　머리 돌려 바라보니 해도 저무네.
　　　　황천에 객점 하나 없다 하거니
　　　　오늘 밤 뉘 집에 가 잠을 자리오.

　또한 죽기 직전 하인이 바치는 술 한 잔을 들고 마지막으로 시 한 수를 더 읊어 세상이 어지럽다고 하여도 지조는 끝까지 지키겠다는 의지를 온몸으로 보여주었다.

　　　　이 몸이 주거 가셔 무어시 될꼬 하니
　　　　봉래산 제일봉에 낙락장송落落長松 되야 이셔,
　　　　백설이 만건곤할제 독야청청獨也靑靑하리라.

　죽음으로 자신의 의지를 굽히지 않고 이군불사한 성삼문은 1691(숙종 17) 신원되었고 장릉(단종의 능) 충신단 등에 배향되었다. 저

서로는『매죽헌집』문집에『성근보집』이 있다. 시호는 충문이다.

충청도는 충절의 고장이다. 성삼문이 태어나고 자라서 뿐만 아니라 그가 우리들에게 보여준 굳은 절개에 대하여 자랑스러움과 한편으로는 무거운 책임감이 느껴졌다. 이 두 감정을 교차하게 해준 문학 기행이었다.

* 참고문헌 : 홍성군지

내 이름은 마스크

    내가 이렇게 사람들 입에 오르내리는 존재가 되리라는 것을 예전에는 미처 몰랐다. 이 사실은 나뿐만이 아니라 지구상의 모든 인간들이 그랬을 거다.

    한때는 ATM기 앞에서 모자와 나를 쓰고 있으면 CCTV에 얼굴이 찍혀도 구분이 안 된다고 못쓰게 한 적도 있다. 그동안 나를 사용하는 사람들은 주로 위험한 곳에서 일하는 사람들로 외부의 나쁜 공기 흡입을 막으려는 용도로 쓰거나 일부에서만 사용하였다. 어처구니없게도 인간의 어리석음으로 생긴 여러 가지 일로 인하여 내가 각광을 받기 시작하였으니 좋은 일인지 나쁜 일인지 모르겠다. 봄이면 중국에서 날아오는 황사 때문에 창문을 닫고 일부에서 나를 쓰기 시작하였다. 황사로 인한 피해가 커지자 황사의 발생지인 고비 사막에 우리나라를 비롯한 몇몇 나라가 나무를 심으며 황사를 막으려고 노력하였다. 그나마 그때만 해도 봄철 며칠만 불편을 참으면 되었다. 그런데 황사보다 심한 미세먼지가 나타나니 나의 인기는 차츰 올라가기 시작했다. 미세먼지가 폐에 쌓이면 배출이 안 되기 때문에 몸에 안 좋다면서 너도나도 나를 사용하기 시작했다. 나와 인간은 닮은 점도 있다.

인간을 구분하는데 '~족'이라고 하던데 나도 마스크라는 이름만 있는 것이 아니라 여러 종류로 나뉘어 있다. 우리나라 제품에는 KF94, KF84, KF80, 덴탈 마스크, 천 마스크, 그냥 애매모호한 마스크 등 모양도 이름도 다양하게 불린다. 그런데 얼마 전에 방송에서 KF가 무슨 뜻이냐고 미국에서 몇 년 동안 유학하고 들어 온 연구원에게 사회자가 질문하니 대답을 못하는 것이 아닌가! 그래서 그때는 내가 조금 서운하였다. 물론 대부분의 사람들도 모르는 경우가 많겠지만 내가 필요해서 사용할 때는 나에 대한 정보를 정확하게 알고 사용하는 것이 예의가 아닐까 욕심내 본다. 그래야 나도 기분 좋고 사용하는 사람들도 그것이 기본이라고 생각한다. 내입장은 생각지도 않고 편리함과 가격만 따지니 마스크인 나로서는 자존심이 상한다.

불행한 일로 인류 역사에 기록될 2020년 3월 이후부터 몇 달이 지난 지금까지 인간들이 나를 가장 필요로 하면서 소중하게 생각한 시기이다. 그러나 입을 가릴 때만 중요하게 생각하지, 사용 후

196

에는 가차 없이 집어 던져 버린다. 언제는 자신의 콧김과 입김을 나누는 가까운 사이였다는 것을 생각조차 않는다. 나를 다 사용하고 난 후에는 쓰레기통에 잘 넣어 주는 것이 문화인이라고 생각한다. 난 어쩔 수 없이 코로나19와 운명을 같이하게 되었다. 강대국이라고 어깨에 힘을 주던 나라도 잘 났다고 거들먹거리던 사람들도, 늙으나 젊으나 인간이라면 코로나의 역습을 비껴갈 수가 없다. 그나마 그들을 지켜주는 것이 바로 나, 마스크이다.

한때 내 몸값은 몇백 원이었다가 코로나 확진자가 늘어나자 수십 배로 껑충 뛰었다. 그렇지만 이건 내 잘못이 아니다. 너도나도 나를 구입하려고 약국 앞에 길게 줄 서서 기다린 후에야 나를 만날 수 있었다. 내가 이렇게 귀한 몸이 되다니 기뻐서 눈물이 나면서도 한편으로는 개운하지가 않았다. 이렇게 나 없으면 큰일날듯하더니 약간 느긋해졌는지 식당이나 카페에 가면 나를 찾지도 않는 사람들이 늘어났다. 어떤 사람은 턱에다만 나를 걸치고 또 누구는 코는 빼꼼하게 내놓고 입에만 쓰고 다닌다. 이상도 하지, 왜 나를 쓰고 다녀야 하는지 그 이유를 깜빡 잊었나 보다. 언제는 나를 사려고 난리치더니 확진 환자가 조금 줄어들었다고 그런 대접을 하다니 약간 또 서운해지려고 한다. 그러나 내 인기는 다시 하늘을 찌를 듯이 올라갔다.

마치 내 인기는 롤러코스터를 타는 것 같다. 확진자가 다시 늘어나자 다시 나를 필요로 하는 사람들이 늘어났다. 내 역할이 바이러스를 막아주는 것이라 자부심을 갖고 있지만 가끔씩 미안할 때도 많다. 놀이터에서 놀고 있는 이제야 걸음마 하는 아기들까지 나를 쓰고 있으니 몸 둘 바를 모르겠다. 나를 써야 된다고 안 써도 된다고 아직도 이 나라 저 나라에서 말들이 많다. 그렇게 설왕설래하는 인간들에게 조언해주고 싶다. 어떤 카페를 이용한 사람들 중에 코로나 바이러스 확진자가 수십여 명이 넘게 나왔는데 나를 쓰고 하루 종일 근무한 직원들은 음성이 나왔다고 하니 내 역할이 컸다는 것을 상기하고 나를 제대로 사용하라고 말하고 싶다.

지구는 각종 쓰레기로 몸살을 앓고 있는데 나까지 더해서 쓰레기를 늘리고 싶지 않다. 나도 지구상에서 코로나 바이러스가 다 물러나서 꼭 필요한 사람들만이 나를 사용했으면 좋겠다. 매연, 미세먼지, 코로나가 없는 세상을 만드는 건 내 몫이 아니라 인간인 당신들이 할 일이니까 빨리 해결해 주기를 바랄 뿐이다. 깨끗하고 병 없는 지구를 만들어 나도 좀 쉴 수 있었으면 좋겠다. 길거리에 버려진 내 친구들을 보면 속이 터지고 나도 지쳐간다. 너 코로나 제발 사라져 줘. 모두 제자리로 돌아갈 수 있게 해줘. 부탁한다.

대자연을 베끼다

인간이 대자연을 완전하게 베낄 수 있다면 그것은 한 점도 부족한 것이 없는 완전한 작품일 것이다. 문학을 하는 사람이나 음악을 하거나 그림을 그리는 사람이 자연과 하나 될 수 있는 것은 자연 자체를 베낄 수 있는 경지가 되어야 한다.

일상을 벗어나서 어딘가로 떠난다는 것은 설렘의 원천이라고 할수 있다. 그 당시 먼 기억 저편에 자리 잡고 있던 '청록파 시인'이라는 단편적인 앎을 확장 시키고 싶은 목마른 상태에 처해 있었다. 그 갈증을 충족시켜 줄 문학 기행지가 바로 박두진문학관이라는 것을 알고 무척 기대가 되었다. '청록파'는 1946년 6월 을유문화사에서 간행한 3인 공동시집 『청록집』에서 유래 된 말로서 이곳에 작품을 발표한 박두진, 박목월, 조지훈을 통칭해 부르는 용어이다.

이 시집 제목이 계기가 되어 '청록파'로 불리게 되었다. 문학관이 있는 안성은 지나간 적은 있지만 어떤 목적이 있어서 찾아가는 것은 처음 있는 일이었다. 들판과 숲이 어우러져 아름다운 경치를 만들어 내고 있었다. 이런 자연의 품이 큰 시인을 만들었다는 생각이 든다. 문학관을 못 찾아서 헤맨 버스 기사님의 착오로 찾아갔던 저수지를 끼고 도는 길은 무척이나 고즈넉하고 아기자기한 풍경이었다. 요즘 일상에서 많이 사용하고 있는 포스트잇은 처음에는 접착력이 강한 제품을 만들려고 했지만 실수로 잘못 만들어져서 접착력이 약한 제품을 만들었는데 그 제품의 쓰임새가 많아서 상품화 되었고 널리 애용되고 있다. 이 경우와 같이 계획 없이 일어난 일이 더 큰 울림으로 내게 다가 온 것이다. 잘못 찾아간 길을 되돌아서 문화 예술로를 달려서 박두진문학관을 찾아갔다. 문학관은 경기도 안성시 보개면 남사당로에 위치해 있었다. 바우덕이로 유명한 곳이라 거리 이름이 남사당로로 되어 있는 모양이다. 우연치고는 정말 즐거운 일이 일어났다. 해설 하는 분이 반갑게도 친정이 서산시 대산읍이라고 했다. 찾아간 회원들이나 해설사 모두 서로가 정이 흐르는 대화를 나누었다. 입구는 1층이었지만 옥상에서 내려와서 계단을 거쳐서 직접 내려 올 수 있는 건물 구조라서 웅장하게 높이 치솟아 있는 느낌이었다.

혜산㥠山 박두진 시인은 1916년 경기도 안성군 안성읍 봉남리에서 출생하였다. 1998년 83세로 돌아가실 때까지 일생동안 20여 권의 시집을 펴내고 1,000여 편의 시와 400여 편이 넘는 산문을 발표하였다. 그의 작품에 영향을 준 사람은 젊은 나이에 유명을 달리한 누나라고 한다. 누나와 주고 받은 편지 덕분에 그의 시작 활동에 큰 영향을 받고 소양을 길렀다고 하니 슬픔이 큰 열매를 맺게 해 준 것 같다. 문학관은 1~3부로 나뉘어져 전시 되어 있었다.

1부는 '박두진의 시를 읽다'를 주제로 꾸며져 있다. 그는 정지용의 추천으로 시 〈향현〉과 〈묘지송〉이 문예잡지『문장文章』1939년 6월호에 실리면서 시인으로서의 발을 디디기 시작하였다. 그는 시를 쓰는 일을 신나는 일이라고 여겼다. 어렵고 괴로울수록 오히려 즐겁고 신이 나며 쓰고 싶은 주제가 많기에 이런 두려움과 즐거움이 바로 시인과 작가의 마음이라고 생각했다. 그의 시는 초기에는 빛과 사물이 인간 내면에 생기를 불어 넣는 감각과 이미지로 작용하여 역동적인 생명력의 원천으로서의 자연을 노래했다는 특징이 있다. 후기에는 자신의 의지와 자연의 섭리를 노래하며 수석을 통해 구체적인 시적 이미지를 그려내고 있다.

2부는 '박두진의 일상을 보다'를 주제로 꾸며져 있으며 그의 일상생활과 관련 된 자료를 전시하였다. 글 쓰는 것이 일상이었던 그는 그 외는 수석 채집을 하였다. 마음을 편안하게 하기 위해서는 단소를 불었다. 그는 수석에 생명력을 부여하고 의인화하여 10여 년 동안 수석을 주제로 한 시 300편과 수석시집 3권을 펴냈다. 수석을 자연이 빚어 낸 조형 예술이자 사람의 사상과 감정, 정서와 꿈이 모두 담긴 생명체로 생각했다. 또한 도자기 수집과 먹글씨를 쓰며 겸손한 마음가짐을 다졌다니 신선이 있다면 이 분의 삶처럼 살지 않았을까 하는 생각이 들었다.

> 하늘의 가을이 물로 내려
> 푸르디푸른
> 강이 됐다.
>
> 하늘의 바람이 물로 내려
> 푸르디푸른 돌이 됐다.
> (박두진의 낙엽 중 일부 : 수석 열전 중에서)

3부는 '박두진의 예술 세계와 만나다'로 꾸며져 있다. 그는 예술과 생활을 특별히 구분하지 않고 일상생활에서 예술 작품을 만들고 즐겼다. 예술 세계는 장식적 기능이나 실용에 치우치지 않고 예술과 생활의 조화와 질서를 바탕으로 평생을 살았던 그의 생각과 마음이 담겨져 있다. 특히 수석 중에 '자화상'이라는 작품을 보면 그가 돌이고 돌이 박두진이라는 생각이 들었다. 그는 수석을 통하여 자연을 베끼던 차원을 넘어 자연을 품으로 가져왔다.

문학관을 자세하게 둘러보려니 시간이 부족하여 체험을 생략하고 옥상에 올라가니 가을 들녘과 하늘에 뜬 뭉게구름이 장관이었다. 모두가 그 풍경 속에 빠져 있을 때 한 회원께서 귀한 시간을 내어 찾아 오셨다. 반가운 마음에 더하여 그분의 특기인 드론으로 우리들의 추억을 하늘 높이까지 올려 주어서 모두가 즐거운 시간을 가질 수 있었다. 이번 문학기행은 생활에 예술이 녹아 있어서 고고한 학처럼 살다간 박두진의 삶을 느끼고 배운 시간이었으며 그분에 대한 존경심이 깊어진 시간이었다.

사라져 가는 두레 정신

무더위가 기승을 부리던 더위 후에 물 폭탄 수준의 강수량으로 전국에서 많은 수해지역이 발생하였다. 다행스럽게도 '낙토서산' 樂土瑞山이라는 말에 맞게 서산 지역은 별다른 피해 없이 지나갔다.

이 무렵에 두레 보존에 힘쓰고 있는 분들을 만나려고 찾아 나섰다. 삼일상가 사거리에서 서산의료원 쪽으로 50m 정도에 위치해 있다고 해서 건물 위만 쳐다보면서 찾아보았으나 실패하고 전화 통화를 한 후에야 발견하였다. 일주일에 서너 번씩 지나가는 길옆에 있었는데도 그냥 지나쳤던 것이다. 두레에 관한 관심의 부족에 반성의 시간이 시작되었다. 선입견으로 크고 좋은 건물만 생각했었는데 지하에 있었기 때문이다. 좁은 계단으로 내려가니 서산에 비피해가 없다고 한 것이 무색하게 사무실 입구는 물이 흥건하여 디딤돌처럼 널따란 스티로폼 판을 놓아서 둥둥 떠다니고 있었다.

신발이 젖지 않게 조심스럽게 들어서면서 우리들 모두가 이 공간을 지하에서 지상으로 올려주는 것이 시민들이 두레에 대한 중요성을 인식하는 것이고 관심의 시작이라는 생각이 들었다. 나중에 알아보니 회원들이 자신의 차가 없는 경우가 많아 버스터미널에서 가까운 곳을 정하다 보니 적당한 장소를 구하기가 쉽지 않았다고 했다. 그리고 회비로 운영되기 때문에 경제적 여건이 좋지 않아서 지하실을 사용하게 되었다고 했다. 음악 소리로 주위 사람들에게 피해를 주지 않으려고 벽은 방음장치가 되어 있었다.

사무실로 들어서자 흐릿한 불빛 아래에서 20여 명의 회원들이 강강술래 연습을 하고 있었다. 좁은 공간이었지만 선두에 서신 분을 따라서 풀고 돌고 조이고 하는 행동을 흥을 실어서 반복하는 모습이 멍석 마는 모양이라고 하지만 흡사 큰 바다에서 일렁이는 파도처럼 장관이었다. 강강술래는 우리 지역의 특성을 살려서 한가위에 공연을 한다. 강강술래 노래는 강사의 지도와 대표의 메기로 회원들이 받아 부르는 형식으로 실제 공연 같이 열심히 연습하고 있었다.

강강술래 연습하는 모습에 빠져 있다가 총무님의 자세한 설명으로 '(사)서산전통두레보존회'의 역사에 대한 많은 이야기를 들을 수 있었다.

이 단체의 구성은 회원 35명(남자 20명, 여자 15명)으로 구성되어 있다. 두레 회원의 가입 자격은 두레에 관심이 있거나 보존하고자 하는 서산 시민에 한해서 문이 열려 있다고 한다.

시작은 1997년도로 '옛소리 문화가족'으로 발족하였고 2015년에는 '스산정통농악보존회'로 개칭하였으며 다시 자문을 얻어서 2019년도에 '서산전통두레보존회'로 만들어지게 되었다.

사무실에는 명기와 농기, 용기가 걸려 있었고 악기는 습기가 차서 다른 곳에 보관한다고 하였다. 풍물은 구전으로 전해 내려 왔기 때문에 변변한 악보가 없는 것을 안타깝게 생각하고 검증을 받아서 만들었다는 악보가 벽에 걸려 있어서 인상 깊었다.

두레 회의는 한 달 회(월례회), 임시회가 열리며 1주일에 두 번씩 모여 연습을 하며 비정기적으로 두레에 대한 심화교육을 받으면서 서산전통두레만의 특징을 배우고 있다고 했다.

처음에는 풍물로 시작했지만 농사 전반에 관련된 행사도 함께 하게 되었다고 한다. 농한기인 정월에는 국태민안을 위한 전통 민속놀이로 꽃반(비나리)을 하고 볏가리 대를 세우고 시민의 안녕과 대풍년 농사 준비를 하는 농악놀이를 한다. 또한 이월 초하루 놀이로 머슴의 날에 보름 때 세운 볏가리 대를 쓰러트리고 풍년 농사를 기원하는 제사를 올린다.

또한 한가위의 놀이인 강강술래도 함께 하면서 전통두레놀이 원형 복원을 위한 학술보고서도 발간하였다. 두레는 논두렁에서 이루어진 문화이기 때문에 기록의 중요성을 느끼고 이런 행사를 계속하고 있다고 한다.

두 번째로 사무실을 찾아 갔을 때는 회원들이 각기 꽹과리, 북, 장구, 징, 소고를 들고 연습을 하고 있었다. 회원들이 둥그런 원을 그리며 서 있고 상쇠의 꽹과리 소리를 시작으로 원 안에 있던 회장의 북 소리가 휘몰아치니 각 회원들의 장구, 징소리가 함께 어울려서 웅장한 합을 이루어내었다. 사물놀이 공연 때 느꼈던 느낌과는 다른 감동이 온 몸을 전율로 떨게 하였다. 이런 신명이 있으니까 노동의 고통을 잊을 수 있겠구나 라는 생각이 들었다.

두 번의 방문으로 아쉬움을 느끼면서 실내에서 연습하는 모습만 보고 말 뻔 했는데 운이 좋게도 재연 행사를 한다고 초청해 주셔서 시간을 뛰어 넘어 과거로의 여행을 다녀 올 수 있었다.
재연 행사가 펼쳐진 곳은 회원의 집으로 음암면 도당리의 아늑한 시골 마을 마당이었다. '서산시전통두레보존회'의 재연 한마당은 회원들의 열정과 농악기의 신나는 어울림으로 가을을 더 풍요롭게 만들었다.

행사가 열린 날은 하늘이 한 뼘 더 높아지고 푸른 물감을 뿌려 놓은 듯한 가을날이라서 놀이가 한층 빛이 났다. 이곳은 논과 밭 가운데 자리 잡고 있었다. 집 주위에는 꽃이 핀 배롱나무와 사과나무 등 여러 그루의 나무가 서 있어 경치가 무척 아름다웠다. 옛날에는 가물게 되면 양수기가 없었기 때문에 포강에서 논에 물을 퍼서 모를 심었다. 그런 포강이 마당가에 있고 그곳에는 수련이 꽃봉오리를 맺고 있었으며 물가에는 수양버드나무가 바람에 춤추고 있었다. 민속놀이 재연 행사하기에 적격인 곳이었다.

이날은 칠월칠석 놀이와 열흘 정도 남은 한가위에 하는 강강술래를 재연하였다. 회원들은 아침 일찍부터 물을 상징하는 용이 그려진 깃발인 '용기'와 '서산전통두레보존회' 이름이 새겨진 '명기'에 꿩 장목을 다는 작업을 하였다. 꿩은 우리 농촌 어디서나 볼 수 있는 흔한 새로 아름답고 활기에 넘쳐서 깃발위에 당당하게 꿩의 꽁지깃이 꽂히게 된 것이다. 회원들은 광목옷으로 갈아입고 농악기를 챙겨다 놓는 등 철저하게 준비를 하였다.

이사장의 재연 행사를 알리는 쩌렁쩌렁한 목소리로 짧고 간결하게 알리는 인사말로 행사가 시작되었다.

첫 번째 재연은 가래질로 칠석날 오작교 놓는데 육상 길을 닦아주는 의미로 마을길에서 재연되었다. 장마철이라 흙길이 패이고 하니 동네 사람들이 협심하여 길을 보수하는 의미도 포함되었다고 한다.

산책자

그 다음 놀이는 농악놀이로 옛날에는 부잣집 마당에서 놀았는데 부자인 지주가 일꾼들에게 먼저 잘 먹이고 일을 수월하게 하려는 뜻도 포함되어 있다. 또한 힘들게 농사일을 한 농부들이 힘든 것을 잊으려고 막걸리를 마시고 한바탕 농악놀이도 했다고 한다.

한 회원이 새납(태평소)을 불기 시작하자 꽹과리 소리와 함께 어깨가 들썩 거리게 신명나는 징과 북, 장구 소리와 함께 어우러져서 마당은 흥이 넘쳐흘렀다. 놀이마당 가운데는 바람에 명기가 펄럭이고 구경하던 사람들도 신이 나서 어울려서 춤을 추었다.

한바탕 농악놀이가 끝나자 아낙들은 떡방아를 찧어서 송편을 빚은 후에 남녀가 함께 강강술래를 하였다. 서산 강강술래의 특징은 회원의 말을 빌리면 느슷느슷 한 것이라고 하였다. 느리게 한다는 뜻이다.

이 날은 여자 회원의 메김에 맞추어 회원들은 '강강술래'로 받으면서 실내를 벗어난 넓은 공간에서 맘껏 명석을 말았다가 풀었다가 하면서 매끄럽게 이어갔다.

농사에서 물은 꼭 필요한 것이다. 가뭄을 극복하기 위하여 나무로 만든 두레박에 짚으로 꼰 새끼줄을 묶어서 만들었다. 농사를 지어서 두레박으로 물 푼 경험이 있는 회장과 회원이 힘을 합쳐서 논에 물을 푸는 것도 재연하였다. 혼자하면 힘든 것도 서로 도와서 어려움을 극복해 내는 두레 정신을 잘 나타내는 풍속이라고 할 수 있었다.

　재연하는 모습은 물 흐르듯이 매끄럽게 진행되었다.

　이렇게 되기까지 회원들이 열심히 연습하여 이루어 낸 작품이라는 생각이 들었다. 이사장은 상쇠로서 서산시에서 열린 농악경연대회에서 지도자상을 수상할 정도로 실력 있는 분으로 말수가 적고 점잖으신 분이셨지만 꽹과리를 잡고 풍물을 할 때는 힘이 넘쳤다. 15세 때부터 독학으로 깡통을 두드리면서 연습을 하고 가을에 들판에서 새를 쫓으면서 연습을 거듭 한 끝에 30세가 되어 상쇠 역할을 맡게 되었다고 했다. 총무는 서산전통풍물을 배우려고 여러 번 시도했지만 실패하다가 서산전통풍물을 하는 이사장을 만나서 수제자가 되어 제대로 배우게 되었다면서 만족해했다.

　두레는 농사일의 어려움을 상부상조로 극복했던 가장 전형적인 공동체 조직이다. 두레박, 용두레, 두레 길쌈 따위에서 보이듯 두레 자체가 고유의 우리말이며 고대사회에서도 이미 공동노동은 존재했다. 그리하여 후대에 생동감 넘치는 노동 공동체로 새롭게 태어난 것이다. 두레는 농사, 농계, 농상계, 농청, 계청, 목청 등 다양한 이름으로 불렸다. 일감에 따라서 초벌두레, 두벌두레, 만물두레 등의 농사 두레 뿐 아니라 꼴을 베는 풀베기두레, 여자들만으로 조직되는 길쌈두레도 있었다.

두레를 낳은 장본인은 모내기라는 말이 나올 정도로 모내기와 연관이 깊다. 두레는 초여름에 조직을 정비한다. 모내기가 끝나면 시원한 정자나무 그늘에 모여서 두레를 이끌어나갈 일꾼을 뽑았다. 좌상, 영좌, 총각대방 등의 지도자들이 뽑혀 김매기를 이끌게 된다. 사실상 집중적으로 김을 매는 여름은 매우 더운 철이다 게다가 뙤약볕에서 일시에 많은 논을 맨다는 것은 고통스러운 일이었다. 그래서 두레꾼들은 풍물을 꾸려서 악기를 치고 신명을 잡으며 논두렁으로 들어갔다.

중부 지방인 서산 지역도 논농사를 지었기 때문에 해미읍성 일원에서 있었던 '서산전통두레보존회' 정기 발표회에서도 모 찌는 소리, 모심는 소리, 도사리 소리, 긴 호미질 소리, 문셍(民聲:농민의 얼과 한이 담긴 소리)이 소리, 잦은 호미질 소리, 만물(마지막) 소리, 벼 뭇 세는 소리, 벼 끌 떼는 소리, 죽 드림(방아를 찧기 전에 모아 놓은 벼에서 잡다한 먼지를 분리 할 때 부르는 소리) 소리 등 농요를 재연하였다.

두레는 마을 사람들이 힘을 합쳐서 일을 해결하고 협동심을 기르는 인간관계에서는 가장 바람직한 일이다. 하지만 시대가 변하여 현대는 논농사에 기계로 모를 심기 때문에 기계 가진 사람 혼자서 다 해결할 수가 있다. 또한 김매는 일도 벼농사에 적합한 제초제를 뿌리기 때문에 일거리가 없어졌다. 옛날에는 모를 심는 날에 새참이나 점심을 먹을 때는 지나가는 행인들도 모두 불러서 함께 나눠 먹는 풍습이었다. 하지만 요즘에 기계를 가진 사람들은 점심도 제대로 못 먹는 경우가 있다고 한다. 일을 부탁한 집에서 다른 집에서 먹으려니 하고 새참이나 점심 줄 생각을 안 한다는 것이다. 농가 소득이 늘고 농촌이 풍요로워졌지만 나누는 정은 메말라 가는 모습이다.

미래는 두레가 더 필요한 시대라고 생각한다. 기계와 신기술로 해결 되고 남는 시간에 이웃 간의 정을 나눌 수 있는 놀이나 건전한 취미를 살려서 마을마다 정착시키면 소통도 되고 홀몸 노인들이 늘어난 농촌에 활력을 불어 넣어 줄 수 있을 것이다. 또한 젊은 세대들도 소통이 닫힌 상태로 자기만의 공간에 파묻혀 지내는 경우가 있는데 공감의 장으로 나서게 하는 '신두레'인 공동체가 절실하게 필요하다고 생각한다

* 출처
 - 『우리문화의 수수께끼2』. 268쪽.
 - '(사)서산전통두레보존회'에서 제보

산책자

집

집의 형태는 다양하다. 규모가 크든 작든 화려하든 누추하든 모두가 그곳에서 편안함을 느끼고 생활의 활력을 재충전하는 최상의 장소가 바로 집이라고 생각한다. 집은 편안한 신발과도 같다. 남의 유리구두가 아무리 예쁘고 반짝거려도 막상 신어 보면 불편해서 벗어버리고 싶어지듯이 집도 남의 집이 궁전처럼 잘 꾸며 놓았다고 해도 나에게 익숙하지 않으면 내 발에 맞지 않는 유리 구두와 같다. 헐고 낡았어도 자신의 신발을 신었을 때와 단칸방 허름한 내 집이 가장 편안할 것이다.

고려 말과 조선시대에 지어진 맹사성 고택, 외암 민속마을에 있는 건재 고택, 이남규 고택 등 충남의 고택을 답사할 기회가 있었다.

고려 말 충신인 최영의 부친인 최원직이 지었으며 최영이 손주
사위인 맹사성에게 물려주었다는 '맹사성 고택'은 살림집 가운데
가장 오래된 집으로 알려져 있다. 400여 년의 세월이 흘렀음에도
청백리의 이름에 걸맞게 사치함이 흘러넘치지 않는 단아함을 간
직하고 있었다. 충청지방의 대표적인 양반 가옥인 '건재 이욱렬'의
호를 따서 택호를 지었다는 '건재 고택'은 아산의 '외암민속마을'에
있다. 조선시대 대 유학자였던 '외암 이간' 선생이 태어난 곳으로
전해지는 이 집은 행정안전부 지정 정원이 아름다운 '정원 100선'
에 뽑힌 곳으로 멋스러움은 더할 나위가 없었다. 하지만 이곳은 후
손이 아닌 아산시가 인수하여 관리하고 있다. 예산에 있는 '수당
이남규 고택'은 산으로 사방이 둘러쳐져 있어서 풍수지리에 많이
등장하는 용어인 닭이 알을 품은 형상이라는 '금계포란형'이 바로
이런 거구나 수긍이 갈 정도로 아늑한 터 위에 보물처럼 숨겨져 있
었다. 수당 선생은 독립운동가이며 본인은 물론 아들, 손자, 증손
자 4대가 나라를 위하여 순직한 애국자 집안인데 현재는 증손자분
이 자비로 고택 옆에 기념관을 지어서 운영하고 있었다. 이 세 곳
을 둘러보니 당대에는 잘 꾸며 놓고 살았어도 후손이 지키지 못하
여 남의 손에 넘어간 경우도 있고 어떤 집은 후손이 잘 가꾸며 보
전하고 있는 것을 볼 수 있었다.

외아들인 남동생이 어머니를 모시고 서울에서 살고 있기 때문에
자연스럽게 친정집은 서울이 되어버렸다. 우리 남매가 나고 자란

친정집은 수년 동안 빈집으로 남아있게 되었다. 얼마 전에 볼일이 있어서 친정 옛집을 찾아갔다. 들어가는 입구조차 막히고 담 옆에 서 있었던 꽃들은 흔적조차 없이 사라지고 맨얼굴로 버려진 채 있었다. 우리들의 어린 시절에 간식을 제공해 주었던 감나무와 뽕나무는 자취를 감추고 넓게 경지 정리된 양배추밭으로 변하여 푸르게 일렁이고 있었다.

대문이 열려 있어서 들어가니 뜰 안의 시멘트는 조각조각 깨어져 있고 반질거리게 우리가 쓸고 닦았던 마루는 화장한 얼굴이 땀에 번진 듯 칠이 벗겨져서 볼품없이 되어 있었다. 창호지가 다 찢어진 방 문짝은 자신의 역할을 포기하고 속을 훤히 내보이고 있었다. 용기가 없어서 방문을 차마 못 열고 한동안 멍하니 서 있었다. 그나마 반가운 것은 뜰 안에 아버지가 심으셨던 영산홍이었다. 이제는 내 키보다 더 자라서 누군가가 찾아오기만 기다리며 꽃을 피우고 있었다. 영산홍 밑에는 튤립이 옹기종기 서서 꽃은 지고 대는 누렇게 시들어 가고 있었다. 꽃을 좋아하셨던 아버지께서는 빈터는 물론 깡통이나 플라스틱 통 등에도 꽃을 심고 가꾸셨다. 정성을 먹고 자라서 그런지 소담하게 피던 꽃들은 어머니가 집을 떠나 서울 아들 집으로 가시면서 화분에 키우던 꽃들은 우리 남매들이 가져다가 지금도 키우고 있다. 남동생 집에 가면 아파트임에도 불구하고 거실에 아버지가 키우던 꽃들이 많이 있어서 꽃과 함께 우리들의 추억도 함께 피어난다. 어느 해 봄날 뒤란에 심은 목단꽃이 활짝 피어서 아름다움을 뽐내던 날 아버지는 탐스러운 모란

꽃 한 송이를 꺾어서 굽은 허리 뒤에 숨겨와 어머니께 선물로 주셨다. 아깝게 왜 꺾었느냐고 하시면서도 빙그레 웃으시며 받아서 병에 꽂아 놓으시던 어머니는 지금은 연세가 백 살이 되셔서 돌아가신 아버지를 잊기도 하고 기억도 하신다.

다 허물어져 가는 집안을 둘러보니 숨이 탁 막혔다. 아버지와 어머니, 우리 남매들이 어린 시절에 꿈을 가꾸며 완성시키던 소중한 우리 집은 중환자처럼 가쁜 숨을 몰아쉬고 있었다. 어디를 둘러봐도 속상하기만 하여 눈물이 흐르고 또 흘러서 그치질 않았다. 함께 간 남편이 손을 잡아주었다. 그러자 서러움이 더 북받쳤다. 돌아오는 차 안에서도 집에 돌아와서도 눈물이 계속 흘렀다. 어머니가 정신이 좋으셨을 때에 시골에 내려오시면 사시던 집에 찾아가 보고 싶어 하셨지만 언니들이 못 가시게 막곤 하였는데 왜 언니들이 그랬는지 내가 직접 친정집을 가보고서야 그 이유를 이해할 수 있었다. 아파트 신축 공사를 하는 동안 임시로 살 곳이 필요할 때에 친한 친구가 자신의 친정집이 다른 사람한테 팔렸는데 지금은 비어 있으니 거기서 살면 어떠냐고 해서 함께 찾아갔다. 대청의 유리창은 다 깨지고 문짝이 제대로 있는 게 없을 정도로 허물어져 있었다. 친구는 이 방 저 방을 둘러보면서 여기는 누구 방이며 내 방은 여기라면서 추억에 잠겨 있었다. 지금 내가 그 입장이 되고 보니 그 친구도 그 당시에 얼마나 속상하고 가슴이 찢어지고 숨이 막혔을까 하는 생각이 들었다.

요즘은 집을 부의 축적 수단으로 이용하는 경우가 많다. 좁은 평수에서 넓은 평수로 이사에 이사를 거듭하는 사람들도 있다. 또 반대로 형편이 어려워져서 집을 줄여가는 경우도 있고 내 집이 없어서 세 들어 살기도 하고 돈이 많아서 여러 채의 집을 보유한 사람도 있다. 각자 이사를 하면서 남겨진 집에 대한 추억은 어떻게 가슴속에 간직할까 궁금하다. 몇 대에 걸쳐서 집을 지키면서 살기가 힘든 시대가 되었지만 자신이 태어나서 자란 집이 온전한 모습으로 유지된다는 것은 큰 행복일 것이다.

집은 사람이 살지 않으면 허물어진다고 한다. 집이 젊어지려면 후손의 사랑과 보살핌이 있어야 젊음을 유지 시킬 수 있을 것이다.

해미읍성,
탱자꽃봉오리 터지다

김인숙 수필집

5부

우체통의 변신은 무죄

여행과 관광

　살아가면서 쉼표가 필요할 때 사람들이 떠나는 것은 여행일까 관광일까?

　여행과 관광의 차이점을 이야기 하라면 선뜻 이야기 하는 것이 쉽지 않다.

　버킷 리스트를 정할 때에 대부분의 사람들은 여행을 꼽는다. 관광이라고 안하고 여행이라고 하는 것을 보면 관광보다는 여행이 더 의미 있는 일이라고 생각해서 그런 것일까 궁금하다.

　여행은 일이나 유람을 목적으로 다른 고장이나 외국에 가는 것을 말한다. 관광은 다른 지방이나 다른 나라에 가서 그곳의 풍경, 풍습, 문물 따위를 구경하는 것을 말한다. 이렇게 두 단어의 뜻을 알아보면 교집합에 포함되지 않는 것이 바로 '일'이다. '일'이 포함

　　　　　　　　　　　　　　　우체통의 변신은 무죄

되지 않는다면 관광이라고 해야 옳은 표현인가 보다.

여행하면 떠오르는 것은 정적이고 여유로우면서 돌아올 때 무언가를 배워 온다는 것이 먼저 떠오른다. 또한 미지의 세계에서 고향과 다른 것을 느끼고 그것을 살아가면서 삶의 자양분으로 삼는 것이다. 무더위에 불어오는 산들 바람과 갈증이 생길 때 마시는 시원한 물과 같은 역할을 하는 것이 여행이 아닐까? 요즘에는 여행을 국내보다는 국외로 가는 사람들이 많아졌다. 주위에 사는 사람들 중에도 1년에 서너 번씩 다녀오는 것이 일반화 되었다.

세상은 넓고 볼 것도 많은데 이런저런 사정으로 집을 떠나면 안되는 사람처럼 파묻혀 지냈다. 모처럼 10여 년 전에 미국에 갈 기회가 생겨서 캘리포니아로 여행을 가게 되었다. 시동생이 우리를 배려해서 짜 놓은 스케줄 덕분에 추억에 담을 많은 곳을 다닐 수 있었다.

제일 인상에 남는 곳은 '버클리대학교'이다. 그 학교의 주차장에는 차를 주차할 수 있도록 선이 그려져 있는데 '노벨상'을 탄 사람들 이름이 쓰여 있다. 이 얼마나 멋진 일인가. 우리나라에는 노벨상을 탄 사람은 평화상 외에 전무한데 한 대학교에 얼마나 많은 사람이 노벨상을 탔으면 주차장에 수상자들이 주차할 수 있도록 표시까지 해 놓았을까 생각하면 지금도 가슴이 짜릿해진다.

다른 한 곳은 대학교내에 세계 여러 나라의 정원이 조성되어 있었다. 평소에 관심이 많았던 분야가 나무와 꽃에 대한 것이라 기쁜 마음으로 둘러보았다. 기분 좋게 우리나라 정원에 들렀다가 일본 정원에 갔다. 하지만 지금 생각해도 화가 가라앉지 않을 정도의 충격적인 것을 보게 되었다. 우리나라 산과 들에 있는 식물이 모두 일본 정원에 일본사람들이 만든 이름으로 적혀있었다. 답답한 마음에 시동생에게 이것을 시정할 방법이 없느냐고 물어보니 이런 것은 감정대로 할 수 없고 그렇게 국제적으로 등록이 되었기 때문에 이 학교에서 그렇게 적어 놓은 것이라고 말했다. 일제 강점기 때 주권만 빼앗긴 게 아니라 우리 산천에 있는 식물들도 함께 이름까지 빼앗겼던 것이다.

미국의 자연은 정말 방대하고 경이로워서 여름날 쏟아지는 소나기처럼 온 몸을 감동으로 흠뻑 적셔주었다. 특히 '뮤어숲'에서 받은 감동은 지금도 앞으로도 내 생애에서 잊히지 않을 곳으로 오래도록 기억하고 싶은 곳이다.

숲을 살리기 위해서 많은 재산을 기부한 '존 뮤어'는 미국 '국립공원의 아버지'라고 불린다. 환경 운동에 앞장섰던 그의 이름을 따서 만든 숲이 바로 '뮤어숲(레드우드숲)'이다. 그 숲에는 거대한 나무들이 자리를 잡아 햇빛이 보이지 않을 정도였다. 어둠이 주인처럼 숲을 점령한 어딘가에 숲의 정령들이 나타날 것만 같아 황홀한 기분이었다. 수령이 수천 년 된 나무가 땅의 기운을 끌어 올려 가지

마다 푸름으로 당당하게 견디고 있었지만 속은 텅 비어서 여러 명의 성인이 들어갈 공간이 있었다. 겉에는 얇은 수피만 있다시피 했는데 거대한 몸집을 유지하는 것이 불가사의해 보였다.

나무 꼭대기가 보이지 않을 정도의 높이인 나무가 내려다보고 있는 모습에 길어야 기껏 백 년 동안 머물다가는 인간이 노거수가 지내온 역사를 어찌 헤아릴까 그들 앞에서 감탄만 하는 것도 나에게는 큰 기회면서 기쁨이었다.

생명이 있는 것은 소멸의 시간이 반드시 온다. 몇 아름 되는 나무도 어쩔 수 없이 뿌리를 드러내고 쓰러져 있는 모습도 가끔 눈에 띄었다. 그 거대한 나무는 죽어서도 각종 이끼와 버섯과 주위에서 떨어진 씨앗에게 기꺼이 몸을 내주었다. 그런 나무가 안타까우면서도 성스러워 보였다. 초록색 이끼는 나무 덕분에 가장 빛나는 생을 누리고 있었다.

'뮤어숲'에서 머물던 순간은 내 인생에 청량한 추억으로 남아서 답답한 순간에 신선한 산소가 되어 숨을 트이게 해주고 있다.

다시 여행 갈 기회가 생기면 일본의 이끼숲에 가보고 싶다. 쌓인 이끼가 세월의 높이와 함께 몇 m나 된다고 하는데 다시 한 번 '뮤어숲'에서 느꼈던 자연의 위대함으로 가슴 떨리던 시간을 갖고 싶다.

우체통의 변신은 무죄

빨간 우체통에 넣는 것은 그리움이었다.

마음을 조심스럽게 하얀 종이에 눌러 심으면 어느새 글은 생명을 갖고 활짝 피어나곤 했다.

아기는 정말 소중한 선물이다. 하지만 3년 동안 나에게 선물은 오지 않았다. 그 후 1년 동안 천안에 있는 병원을 다녀서 어렵게 임신이 되었다.

초기에는 안정이 필요하다고 해서 모처럼 만에 휴가를 내어 친정에서 머물 수 있게 되었다. 그동안 쌓였던 많은 사연들이 시골집에서 서서히 사라지는 신기한 일이 일어났다. 간신히 아이를 품은 딸을 위하여 부모님은 기꺼이 안방 아랫목을 내어주셨다.

친정에서의 생활은 지친 심신을 다시 살아 움직이게 해줬다. 추운 날 거위털 이불을 덮으면 사르르 내 위에 내려앉듯이 그런 느낌의 부드러운 나날이 계속되었다.

남편은 가까운 거리에 살았지만 매일매일 편지를 보냈다. 결혼 전에는 편지 한 통 못 받은 나로서는 놀라움의 연속이었다. 혼자 덩그러니 방안에 앉아 나를 생각하며 편지를 쓰고 우체통에 넣을 때의 남편을 생각하면 고마움과 기대감으로 하루하루가 행복했다. 어떤 달콤한 이야기들이 쓰여 있을까 궁금하여 아침부터 집배원이 빨리 오기를 기다리곤 하였다. 살아가면서 힘든 일이 있을 때 나를 잡아 준 것은 그 편지가 한몫했다.

이제는 손안에서 놓지 않고 있는 휴대폰으로 인하여 편지는 먼 구석기 시대의 화석처럼 인식되고 있다. 짧은 글조차도 '이모티콘'에 밀려서 설자리가 점점 줄어들고 있다. 바쁜 세상에 편지를 쓰고 우표를 붙여서 우체통에 넣고 배달하는데 드는 시간을 현대인은 용납하지 않는다. 그리고 보면 편지는 '느림의 정'이다.

우표 도안이 의미하는 것은 다양해서 세상 돌아가는 중요한 일을 다 그림으로 표현되었다고 할 수 있다. 우표 시리즈를 사기 위하여 광화문 우체국에 가서 줄서서 구입하던 때도 있었다.

우편물은 넘쳐나지만 부치는 편지가 없다보니 어느 지자체에서는 우체통에 버리는 약을 넣도록 하는 재치가 번뜩이는 사업을 한다는 뉴스를 보았다. 약은 함부로 버리면 토양이나 물을 오염시키기 때문에 모아서 소각해야 한다.

아파트나 공동주택에서는 폐기되는 약을 버리는 지정 장소가 있다. 시골에서는 지정 장소가 마련되어 있지 않아 아무 곳에나 버릴 수도 없고 난처했다. 버릴 약을 모아 두었다가 우체통에 넣으면 집배원이 수거해 간다고 하니 할 일이 없어서 우두커니 서 있는 우체통에게 환경을 지키는 의미 있는 일을 맡겨서 좋고 실직 할 뻔한 우체통에게 일감을 주니 정말 다행스런 일이다.

가슴 콩닥거리게 달달한 내용의 편지도 있겠고 슬픈 내용의 편지 등 수 없는 사연을 빨간 가슴에 품었다가 전해 주었던 우체통이었다. 변화하는 시대의 격랑에 밀려 나가는 것을 보며 어쩔 수 없이 세월의 흐름에 밀려나려는 나도 바로 서려고 발에 힘을 꽉 주어 본다.

우체통의 변신은 무죄

역전 시대

누구도 상상 못한 일이 벌어지고 있다.
어르신들은 걱정하지만 귀담아 듣는 사람은 없다.

차창으로 지나가는 풍경보다 더 빠르게 세상이 변해간다. 출생
아 수가 줄어드니 유치원 운영이 어려워 문을 닫는 곳이 많다.
팔랑팔랑 나비처럼 뒤꿈치를 땅에 붙일 새 없이 날듯이 걸어서
다니던 아이들은 만나기가 어렵다.

뉴스에서 보니 어떤 나라에서는 아이가 없어서 유치원이 문을
닫고 그 자리에 노인들의 유치원인 '노치원'으로 용도를 변경하였
다. 실제로 어렸을 때 그 유치원을 다녔던 노인들이 지팡이에 몸
을 의지하고 노치원에 다니는 모습을 보니 서글퍼 보였다.

60년대 학교 다닐 때는 한 교실에서 50명 내지 60여 명이 공부하는 경우가 많았다. 지금은 시내권의 학교에서는 평균 25명 정도의 학생들이 앉아 있어서 그나마 사정이 괜찮은 편이다. 시골에서는 전교생이 몇 십 명이 안 되는 곳도 있으니 정말 격세지감이다.

심한 곳은 폐교한 곳도 많은데 내가 다니던 초등학교도 폐교한 지 십 수 년이 지났다. 몇 아름드리 플라타너스가 운동장 가에 줄지어 떡 버티고 서서 지금도 찾아가면 반겨주니 학창 시절의 추억이 새록새록 떠오른다. 지금은 숙박과 여가를 책임지는 리조트로 변하였다. 지나가다 보면 폐교한 것도 서글픈 일인데 운동장에 잡초가 우거지고 깨진 유리창, 칠이 벗겨져서 옷 벗은 아이처럼 서 있는 동상을 자주 본다. 그런 모습에 비하면 우리 모교는 그나마 다행이라고 해야 할 것이다. 해마다 리조트 측에서 무료로 운동회를 할 수 있도록 배려해 준다. 이제는 운동장에서 게임은 못하고 현장에서 물러나 텐트 아래서 환갑이 지났지만 추억을 소환하여 이야기로 운동을 대체하는 나이 든 세대가 되었다.

각자의 가치관에 이의를 제기하기는 어렵지만 결혼도 포기하고 아이도 낳지 않으니 현재 우리나라의 출산율이 0.65명이라는 숫자에 미래가 위협적으로 보인다. 하지만 요 근래는 약간 출산율이 미세하게 오르는 추세라니 둘이서 결혼하니 최소한 2명씩은 낳기를 기대해 본다.

사회는 구성원들이 모두 연관되어 있기 때문에 한 분야가 무너지면 도미노처럼 함께 타격을 받게 되는 경우가 많다. 가장 심각한 것이 산부인과가 줄어들어서 아기를 낳으려면 먼 거리에 있는 곳으로 원정을 다녀야 한다. 그렇게 되면 시급을 다투는 상황에 대처하기 힘들 건 뻔한 일이다.

애완동물이 소비하는 사료 매출이 아기들이 먹는 분유 매출을 능가하고, 유모차 대수가 견모차(개가 타고 다니는 것) 대수 보다 숫자가 적다고 한다. 강아지나 고양이가 필요로 하는 물건을 파는 편의점 수와 동물병원 수도 늘어나는 것은 당연할 것이다.

아기가 귀해지니 지나가는 아이만 봐도 그냥 지나치기가 아쉬워 몇 번이나 뒤돌아보게 된다. 귀엽다고 말하고 싶지만 조심스러워서 마음을 바꿔 먹는다. 아이들이 소중하니 어른들이 신경써줘야 한다는 것은 알지만 예전에 비해서 변한 것이 많아 적응하기가 힘들다.

연필

필기도구라면 제일 먼저 떠오르는 것이 바로 연필이다. 만년필, 볼펜 등 수많은 경쟁자들을 제치고 연필을 선택한 이유는 여러 가지이다.

먼저 부드러움을 꼽을 수 있다. 글씨를 쓸 때는 얼음판 위를 미끄러져 나가는 느낌이 든다. 이렇게 부드럽게 종이 위에서 자유롭게 춤을 추듯이 글씨를 쓸 수 있는 것은 연필의 자기 헌신이 있기 때문이다. 연필심은 흑연으로 다이아몬드와 같이 탄소 단일 원소로 이루어져 있다. 그러나 연필심이 다이아몬드처럼 단단하다면 종이 위에 글씨를 쓰는 순간 칼날처럼 상처만 남길 것이다. 연필심의 원료인 흑연의 약한 결합이 떨어져 나감으로써 우리가 원하는 글씨를 쓸 수 있기 때문에 자신을 불사르고 무에서 유를 창조해낼 수 있는 것이다.

우체통의 변신은 무죄

연필은 우리에게 후회를 근원적으로 차단해 준다. 잘못 쓴 글씨는 약간의 흔적은 남겼지만 깨끗이 지울 수 있으니 새로운 출발을 할 수 있게 해준다. 오류가 잡아지면 처음처럼 다시 시작할 기회를 주니 다시 쓴 글씨로 인하여 연필을 선택한 사람들에게 용기를 준다. 그러나 연필은 단독으로 활약하기보다는 관계를 중요시한다. 연필의 역할은 지우개와 컬래버레이션이 될 때에야 비로소 그 역할이 확실하게 빛을 낼 수 있다. 그런데 여기에 한 가지 더 관계를 맺어야 하는 것이 있으니 바로 연필깎이이다. 굳이 칼로 깎아도 된다고 주장한다면 한발 물러서서 수긍할 수는 있다. 어릴 때나 지금이나 솜씨가 없어서 들쭉날쭉하게 깎아 쓰던 연필은 모양이 볼품없었다. 그렇지만 요즘은 연필깎이에 넣고 돌리기만 하면 성형된 미인처럼 날씬하고 예쁜 모양으로 깎을 수 있다. 게다가 문구점에 가면 깎아진 연필을 살 수도 있다.

연필은 줄기를 뽑으면 여러 개가 주렁주렁 달려서 올라오는 감자와 같다. 왜냐하면 연필만 보면 머릿속에 가득 수많은 추억이 몽글몽글 떠오르기 때문이다.

어릴 적 손에 쥐기도 힘든 몽당연필이 되면 대나무나 형편이 좋으면 볼펜대에 꽂아서 키 높이 신발을 신은 듯 키를 늘려서 사용하곤 하였다. 키가 커진 연필은 기분 좋아서 쇠필통 속에서 달그락거리면서 주인과 함께 뛰다가 미처 글씨를 쓰기도 전에 부러져버리기 일쑤였다. 이사를 하면서 아이들 짐을 정리하다가 잘 깎아 놓은 연필을 한 통 가득 담아 놓은 것을 보고 그 연필이 아들의 손에서 수많은 시간 동안 함께 했을 생각을 하니 아들을 보는 듯 하였다. 요즘도 내 필통 속에는 연필이 여러 자루 들어 있다. 물론 이 글도 연필로 쓰고 있다. 연필로 쓴 후에 워드 작업하는 것이 약간은 번거롭지만 연필로 글을 쓰면 호흡을 자유롭게 고를 수 있어서 좋다. 나를 위해 조금씩 작아지는 연필 덕분에 내 생각은 그와 반비례해서 깊어지고 그것을 표현할 수 있으니 연필이 고마울 뿐이다. 그런 고마움을 담아 나의 필명을 '연필'로 하였다.

으름난초

　안면도는 해양성 기후로 난류가 흐르기 때문에 난대 지방에서 자라는 식물들도 이곳에서는 얼어 죽지 않고 겨울을 잘 날 수 있다.

　충남에서 드물게 따뜻한 기후 덕분에 굴거리나무 군락지가 있는 곳이 안면도이다. 어린잎이 피기 시작 할 때부터 잎에 기름을 바른 듯 반들반들하니 주변에 있는 나무들이 기가 죽을 지경이다.

　거기다가 겨울에도 푸른 잎을 자랑하고 서 있으니 단연 숲의 청춘스타라고 표현해야 적당할 정도이다. 충남 이북의 다른 지역에서는 겨울을 나기가 힘들기 때문에 더 귀하게 생각 된다. 안면도의 굴거리나무와 함께 상록수로 알려진 나무는 화원에서 판매도 하는 예쁜 자금우이다. 빨간 열매가 달린 모습은 앙증맞은 아기 입술 같다. 몇 해 전에 안면도에 자금우 군락지가 있다고 해서 힘들게 찾아갔는데 산 전체를 개간해서 모두 잘려 나간 상태였다. 산 주인이 다른 용도로 산을 이용하기 위하여 개간 했으니 할 말은 없지만 무척 아쉬웠던 기억이 난다.

안면도에는 귀한 나무와 야생화가 많지만 그 중에서 단연 으뜸인 것은 자생란인 새우난초이다. 새우란의 꽃 색깔은 흰색, 노란색, 글로 표현하기 어려운 고상한 자주색이 있다. 이렇듯 고귀하게 피어있으니 야생화 중에 귀족이라고 추켜 세워주고 싶다. 이렇게 칭찬해 주고 싶은 나무 외에도 우리나라의 토종 블루베리라고 불리는 정금나무, 난대에서만 자라는 먹년출덩굴과 자연유산으로 지정된 모감주나무 군락지 등 안면도에는 희귀 자생 식물이 많이 자라고 있다. 이런 귀한 식물들이 자라는 안면도를 좋아하지 않을 수가 없다.

안면도와 사랑에 빠지게 한 식물이 또 한 가지가 더 있다. 바로 으름난초이다. 다른 난초는 스스로의 힘으로 자라는데 이 난초는 기생식물이라서 나무가 우거진 숲 속에서 부엽 질이 풍부하고 그 아래에 썩은 나무가 있는데서 잘 자란다. 몇 해 전에 열매가 으름을 닮았다고 해서 이름 붙여진 '으름난초'가 안면도에서 군락지가 발견 되어 크게 주목을 받았다. 궁금하여 54일 동안 계속 된 장마가 끝나자마자 으름난초 군락지를 찾아가 보니 난초 대 열개에 빨간 열매가 맺어 있어서 숲 속에 횃불을 세워 놓은 듯 붉게 타오르고 있었다.

'으름난초'를 품은 곳은 활엽수면서 상록수인 굴거리나무와 안면도 소나무 특유의 붉은 빛의 적송이 하늘을 찌를 듯이 서 있는 오솔길 옆이었다. 이렇게 깨끗하고 경치가 좋은 곳이니 세계멸종 식물이면서 우리나라에서 전라도와 제주도에만 자생 한다는 '으름난초'가 살아갈 수 있다는 것을 느낄 수 있었다. 나무 울타리 안에서 보호 받고 있는 이 난초는 기생하기 때문에 오직 난 곳에서만 자라고 다른 곳으로 옮기면 죽기 때문에 더 소중하게 다뤄야 한다. 이곳은 안면도 수목원 길옆에 피어 있어서 보호하기 위하여 나무로 울타리가 쳐져 있었다. 기생식물인데 어쩌면 이렇게 화려하고 탐스런지 신기해서 난초가 닳을 정도로 사진을 찍고 돌아왔다.

그 후에도 여러 번 찾아가서 잘 있는지 확인하고 왔다. 아직 익은 으름처럼 씨방이 벌어지지 않은 상태여서 익은 후의 모습이 궁금하였다. 하지만 시간이 지나니 시들어서 잠자러 들어가 버렸다. 다년생이니까 내년에 또 나오겠지 생각하고 있었는데 그 다음해에도 또 그 다음해에도 으름난초는 깨어날 생각을 하지 않았다. 그 길로 지나 갈 때마다 으름난초가 피어있던 곳을 허전한 마음으로 쳐다보기만 하였다.

왜 깨어나지 않나 기다림에 지쳐서 알아봤더니 으름난초는 많은 꽃을 피우고 나면 힘이 부쳐서 몇 해는 안 나오는 경우가 있다고 하니 땅속에서 빨리 힘을 길러서 내년에는 꼭 다시 그 자리에 돌아오길 바라면서 기다려 보기로 했다.

우체통의 변신은 무죄

900년의 꿈이 흘러 온 굴포운하

　　내 고향은 서산시 팔봉면 진장리이다. 또한 나의 외가는 고려 시대 세곡미의 보관 창고인 영풍창이 있었다는 어송리이다. 어렸을 때는 물론 지금도 외가인 어송리를 사람들은 창개라고 부르고 있다. 어린 시절에는 어송리에 바다가 있었기 때문에 주전자를 가지고 가서 게도 잡고 고동도 잡았던 기억이 아름다운 과거 저편에 자리 잡고 있다. 지금은 간척 사업으로 인하여 모두 농토로 변하였지만 내 고향과 외가가 굴포운하와 연관 된 곳이라는 사실을 알고 나니 역사가 내 품으로 들어 온 기분이 들었다.

　　문화탐방 코스에 굴포운하가 포함되었다는 사실만으로 흥분이 되어서 잠을 설치면서 탐방 날을 기다렸다. 기대감을 관광버스에 가득 싣고 벚꽃이 터널을 이룬 고남 저수지에 들렀다. 일찍 핀 벚꽃은 진 곳이 많은데 지형적으로 온도가 낮은 이유로 그곳은 벚꽃이 만개하여 길가뿐만이 아니라 꽃이 물속에 잠겨 있어서 눈을 어디로 두어야 할지 바쁘기만 하였다. 발길을 잡는 벚꽃의 유혹을 간신히 뿌리치고 돌아서서 가로림만을 찾아갔다.

가로림加露林만의 뜻은 '숲이 이슬을 만나 아름다운 만'이라는 뜻으로 이름이 정말 예쁜 곳이다. 가로림만은 입구가 북쪽을 향하고 있으며 서산과 태안에 걸쳐 있다. 면적은 9만 1237㎡이며 모양이 호리병 모양으로 되어있다. 우리나라에서 발견할 수 있는 해양포유동물인 천연기념물 331호인 점박이물범과 붉은발말똥게, 흰발농게 등의 서식으로 인하여 해양보호구역으로 지정되었다. 우리가 도착한 곳은 서산의 팔봉지역으로 바다 옆에는 솔감저수지가 있다. 도착했을 때는 썰물로 넓게 펼쳐진 갯벌에 멀리 보이는 곳이 태안의 어디쯤인지 지리에 밝은 일행의 설명을 듣고 운하의 목적지에서 개착을 시작한 곳을 되짚어서 찾아가기 위하여 태안군 인평리로 향하였다.

굴포 유적지에 도착하니 굴포운하라는 안내판이 우뚝 서 있었다. 큰길에서 조금 걸어 들어가니 미개통 된 약 2.8㎞ 구간 중에 확인 할 수 있는 지역인 약 700m(폭 14~63m) 길이의 운하 흔적이 있었다. 습지라서 그런지 물이 많이 고여 있었다. 운하 초입에는 물이 들어 올 수 있게 근래에 밖아 놓은 관이 두 개가 있었고 숲 쪽은 수로가 좁아져 있었다. 주위에 아름드리 큰 나무들이 쓰러진 채로 있었고 주변이 울창하여 그 당시에 애써서 운하를 파던 모습이 연상되었다. 그것을 보니 감동으로 가슴이 쿵쾅거렸다. 일행은 되돌아서 도로로 나갔는데 운하의 모습을 더 보기 위하여 언덕에 올라 가보니 10m 정도의 데크길이 놓여 있었지만 농가에 가로 막혀서 더나아갈 수 없었다. 그래도 개착 당시의 원형에 가까운 모습을 보았다는 것에 의미를 두고 다시 인평리 저수지로 향하였다.

고려와 조선시대에는 국가의 재원은 조세로 운영되었기 때문에 조세로 거둔 곡식이나 물건을 운반하는 것은 큰 문제였을 것이다. 그 문제를 해결하기 위하여 가로림만과 천수만을 운하로 연결시켜서 조운선이 다닐 수 있도록 계획한 것이 바로 굴포운하이다. 굴포掘浦란 판개를 말하는 것으로 운하란 뜻이다. 그러나 굴포란 판개라거나 운하란 뜻보다는 지명이 되었으므로 '굴포운하'라고 부른다. 이 운하 개착의 필요성은 고려 재정의 기본이 되는 전체 세곡미 40만석 중에서 개경으로 보내져야 하는 약 30만석이 충청, 전라, 경상도 등 삼남에서 올라오는데 안흥량 관장항의 암초가 800여 m로 번번이 조운선이 난파되는 절체절명의 어려움이 있었으므로 고려 제17대 인종 12년(1134)에 내시인 정습명을 보내어 군정 수천 명을 동원하여 약 17리(7km)정도의 인공 수로를 만들어 조운에 안전을 기하려 운하의 개착 공사가 시작되었던 것이다, 그러나 4km정도는 수로를 만들었다가 3km는 암반에 부딪쳐서 실패

했다. 그 후에 오랫동안 공사가 중단 되었다가 공양왕 3년(1391)에 당시 실권자였던 이성계는 조운의 중요성을 인식하고 다시 개착 공사를 시작하였으나 실패하였다.

조선이 개국되면서 태조 이성계는 다시 최유경, 남은 등을 파견 하여 타당성을 조사하였다. 제3대 태종 12년(1412) 하륜의 발의로 개착공사를 다시 시작하였다. 이는 태종 3년(1403) 34척, 태종 14년 (1414)에 66척의 조운선이 안흥량에서 암초에 대파되는 일이 직접 적인 동기가 된 것이다. 태종 16년(1416) 2월에는 태종이 세자 충녕 대군(뒤에 세종)과 같이 태안에 강무장을 설치하고 이곳을 방문하는 데 굴포운하 공사를 직접 살피기 위한 것으로 보인다. 이때에도 암반의 어려움이 있자 하륜의 건의로 5개의 저수지를 만들어 일 단 개통시켰다. 그러나 세곡을 옮기고 옮겨 싣는 어려움 때문에 오래가지 못하고 중단 되었다. 세조 7년(1461)에 신숙주의 건의로 굴착 공사가 추진되어 3년간 계속 된 일이 있고 제11대 중종 16년 (1521)에 다시 타당성을 검토한 일이 있었으나 임진왜란으로 중지 되었다.

효종 때에는 김육이 서산 태안의 경계지역에 운하를 파고 갑문 식 운하를 설치할 것을 제안하였으나 신료들의 반대로 실행에 옮 기지 못하고 그 대안으로 안면도와 팔봉산 아래에 창고를 설치하 고 이 구간을 육로로 운송하는 방안을 제기하였으나 이 또한 받아들여지지 않았다. 김육은 충청감사를 역임한 바 있었기 때문에 이곳의 사정을 두루 잘 파악하고 있었다. 전국에 있는 역사 교사들에게 과거에 살았던 사람 중에서 다시 이 시대로 데려 오고 싶은 사람이 누구인지 조사했는데 많은 교사들이 김육을 선택했다고 한다. 김육은 공납을 특산물에서 미곡으로 바꾸어 통일한 납세제도로 상품화폐 경제를 촉진시키고 임진왜란이 야기한 재정난을 타개 할 수 있는 계기가 된 대동법을 실시하는 데 큰 역할을 한 사람이다.

제18대 현종(1660~1674) 때에도 굴포 개착이 건의 된 일이 있었다. 이때 설창안이 채택되어 남쪽 태안읍 평천쪽과 북편 도내리에 각각 20평씩 40평의 창고를 지어 안면창이라 하고 삼남에서 올라오는 세곡을 일단 남쪽 창에 내려서 육로로 북창에 옮기며 그곳에서 서울로 조운하는 방법을 택하였으나 오래 가지는 못하였다. 현재 뚜렷이 남아 있는 운하지는 서산시 팔봉면 진장리와 태안군 인평리 경계 지점에 남아 있는 약 1km정도의 옛 저수지식(갑문식) 운하지인데 이는 수에즈 운하(1869)와 파나마 운하(1914) 보다도 약 500년이 앞서는 것이라고 한다. 우리나라 거대 토목공사의 효시라 할 수 있는 대단히 중요한 의미를 갖는 유적지이다.

어린 시절에 이 인평 저수지는 나무다리가 썩어서 여러 곳에 구멍이 났기 때문에 그 곳으로 물이 철렁이면서 다리 위까지 물이 올라와서 건너기가 두려웠던 곳이다. 하지만 친정 엄마께서 태안에 있는 시장에 다녀오실 때에 사 갖고 오시는 간식을 받아먹으려고 이곳까지 엄마 마중 하러 벌벌 떨면서 건너던 곳을 수십년이 흘러 역사를 더듬어 지나려니 옛 생각에 발걸음이 자꾸 뒤쳐졌다.

팔봉면 진장리에 1397년 설치 된 순성진은 왜적을 방어하는 군사적 시설이자 굴포운하의 개착을 지원하는 거점으로서 역할을 수행하였다. 순성진이 설치 된 후에 농경지 확보와 어업, 제염업이 시작되면서 새로운 유민들이 대거 이주하여 정착하였다. 순성진으로 가려면 옛 '고성초등학교' 옆으로 지나가야 하는데 이름에서 알 수 있듯이 이 자리에 옛날에 성이 있던 지역이라는 것을 나타내고 있다. 운하지의 도착점이자 시작점인 천수만을 가기 전에 여러 곳을 들렀다. 그중에서 한 곳이 인지면 둔당리에 있는 청동기 시대의 지석묘이다. 이 지석묘는 바둑판 모양의 남방식 고인돌이다. 기원전 2000여 년 전이라고 추정 되는 묘를 만나니 역사의 확장성에 놀라웠다.

점심을 맛있게 먹은 후에 무학대사 기념비를 돌아보고 서산 정씨의 시조인 원외랑 정신보의 학문과 덕행을 기리기 위해 세워 진 '송곡서원'을 들러서 검은여 바위로 갔다.

검은여 바위는 천수만 B지구에 있는데 선묘낭자의 전설이 있는 곳으로 도로 공사가 한창이어서 무척 소란스러웠다.

검은여 바위에서 태안 쪽으로 보이는 곳에 천수만이 위치해 있다. 그곳에서 가로림만까지 운하를 뚫기 위하여 고려시대부터 조선시대에 걸쳐 900여 년 동안 여러 왕과 백성들이 피나는 노력을 하였다. 그 당시에 결실을 맺지 못한 점이 무척 안타까웠다. 지금이라도 천수만과 가로림만에 운하를 만들어 푸른 물줄기를 따라 배들이 오고 간다면 긴 세월동안 맺혀 있던 응어리가 풀어질 것 같았다. 하늘 길, 바다 길을 따라 세계로 향하여 나가서 잘 사는 나라가 된 것도 면면히 흐르는 조상님들의 도전 정신을 이어 받은 덕분이라는 생각이 굴포운하지를 둘러보면서 느낄 수 있었다.

* 참고 문헌 : 서산 디지털 문화대전

가로수

　탄소 중립을 몸으로 실천하는 나무 중에 으뜸인 것이 바로 가로수이다.
　인간의 선택을 받아서 길가에 보초를 서듯 수십 년을 몸 바치는 그 희생에 사람들은 많은 혜택을 받고 있다.

　지나가는 사람들에게 시원하고 아름다운 풍경을 선물해주니 이보다 더 고마울 수가 없다. 자동차 매연에도 의연하게 서서 잎과 꽃을 피우며 인간의 욕심을 위하여 묵묵히 참아내고 있는 모습이다.

　봄에는 단연히 벚꽃이 가로수의 여왕처럼 화사하게 피어 인기를 독차지한다.

우체통의 변신은 무죄

꽃에 집중하다 보니 나무에는 소홀하게 대했다는 생각이 든다. 관찰력이 뛰어나신 분께서 수령이 오래된 벚나무는 오른쪽으로 뒤틀려 있다고 해서 여러 나무를 자세히 보니 모두 오른쪽으로 뒤틀려 있어서 놀라웠다.

벚나무가 꽃잎을 비처럼 흩날리고 나면 흰 쌀밥을 탐스럽게 달고 있는 슬픈 전설을 갖고 있는 이팝나무가 배고파서 생을 마친 아기의 넋을 달래듯이 흐드러지게 피어난다. 이팝꽃에 밀려 벚꽃나무는 잎만 무성한 채 한 발 뒤로 물러나서 서 있다. 이팝꽃이 나무 아래 가득 방앗간에서 찧어 놓은 쌀처럼 수북하게 꽃잎을 떨어뜨려 놓을 때쯤 슬그머니 모감주나무가 앞으로 나선다.

중국에서 바닷물에 실려 먼 여행 후에 우리나라에 정착했다는 모감주는 안면도에 군락을 이뤄 자연유산으로 지정되었다. 노란 꽃이 하늘에서 황금비를 내려 주는 것 같아 멀리서도 모감주꽃을 알아볼 수가 있다. 열매는 염주를 만든다고 하는데 크기가 녹두알만 해서 고개가 갸우뚱거려진다.

가로수로 은은한 연한 연둣빛의 꽃이 피는 회화나무를 빼놓을 수 없다. 이 나무는 학자 집안이나 향교나 서원 근처에 심는 나무로 서원 앞길에 기품 있게 점잖이 서 있다. 화려하지 않지만 다시 쳐다보게 되는 꽃은 볼수록 마음을 안정시켜 주는 힘을 갖고 있다.

열매는 30여cm 정도로 늘어져 달려있다. 이 나무처럼 꽃과 열매를 함께 우리에게 볼거리를 주는 나무도 드물다.

회화나무와 비슷한 시기에 꽃이 피는 배롱나무는 수형이 아름다워 태어날 때부터 몸매를 다듬고 나온 모습이다. 연달아서 꽃을 피우기 때문에 '목백일홍'이라고 불리기도 한다. 꽃이 필 때도 예쁘지만 나무아래 붉게 진 꽃도 장관이다. 문수사에 가서 배롱나무꽃잎이 소복이 쌓인 모습을 보고 낙화가 나무에 달린 꽃보다 더 처절하도록 아름답다고 느꼈다.

가로수하면 청주의 플라타너스를 꼽을 수 있다. 이 나무는 얼룩거린 무늬 때문에 버짐나무라는 별명도 있고 열매가 작은 공 모양이라서 공나무라고도 한다. 이 나무는 꽃보다 넓은 잎이 그늘을 만들어 주어서 가로수길이 주변보다 3~4도가 더 시원하다니 가로수의 역할이 그만큼 중요하다.

요즘은 마로니에 나무도 가로수로 많이 등장한다. 잎이 일곱 개라서 칠엽수라고 하고 열매가 밤처럼 생겨서 말이 먹는 밤이라고 '말밤'이라고 한다. 세종시가 가로수로 마로니에 나무를 심어서 이색적이었다. 길 이름은 순 한글로 으뜸길, 냇가길, 새내길, 보람길, 큰말길 등으로 정하고 가로수는 외래종으로 심었기 때문이다.

가로수로 소나무를 빼놓으면 서운할 것이다. 이상기후로 우리나라에 소나무가 몇 십 년 후면 사라질지 모른다고 해서 더 소중한 나무이다. 특히 겨울철에 눈보라 속에서도 푸르기 때문에 절개와 지조, 의지를 상징한다. 사람이 이발을 하듯 소나무도 해마다 전문가들이 전지를 잘해주니 멋쟁이 신사가 서 있는 모습이다. 가로수로 서 있는 소나무는 매연 때문에 종족 번식을 위하여 솔방울이 작게 많이 열리니 처절한 생존 방식을 터득한 모양이라 한 편으로 안타깝다.

어떤 가수가 을지로에 감나무를 심어보자고 노래했는데 가로수로 감나무는 어울리지 않는다. 감이 붉어지고 며칠이 지나면 익은 감이 떨어져 처치 곤란하기 때문이다. 그렇다고 감을 따서 먹을 수도 없다. 공해에 찌들었기 때문이다.

수억 년 전 고생대 때부터 살아남은 살아 있는 화석과 같은 식물인 은행나무는 병충해에 강해서 가로수로 많이 쓰인다. 지구상에서 오래된 나무 측에 드는 은행나무도 그동안 가로수 역할을 잘 해왔지만 종족 보존을 위해서 열매에서 고약한 냄새가 나게 한 것이 은행나무의 행운인지 실수인지 암그루는 골칫거리로 전락하였다.

10월이 되면 은행 열매가 길가에 쌓여 있어도 가져가는 사람이 없다. 간식거리가 없던 어릴 적에 은행 열매를 바늘에 꽂아서 등

잔불에 구우면 색깔이 초록색으로 예쁘게 변해서 뜨거워도 호호 불면서 먹던 생각이 난다. 은행 열매가 이제는 천덕꾸러기가 된 것을 보면 세월의 변화가 가져온 것들이 참 많다. 그래도 가을하면 노란 잎을 달고 있는 은행나무 가로수가 많은 사람들의 사랑을 여전히 받고 있다. 재미있는 것은 은행나무는 침엽수도 활엽수도 아닌 독자적인 계통이라니 개성이 강한 편이다.

기온과 시대에 따라 가로수의 수종도 바뀐다. 하지만 어떤 가로수라도 우리들의 생활에 이로움을 주는 고마운 나무들이다.

그날

　문해교사로 활동한 지 20여 년이 되었다. '문해'라는 단어가 생소
한지 그게 무슨 뜻이냐면서 되묻는 사람을 자주 만난다. 대부분
'문예'로 알아듣는 경우가 많다. 하물며 모 정치인은 평생교육에
대한 공약을 내 걸었음에도 그 말을 이해하지 못해서 당황한 적이
있다.

　'문해'란 문자 해독 능력을 가지고 있는 상태를 의미한다. 하지만
현대에는 문해의 개념이 단순한 문자의 해독 능력이나 읽기, 쓰기,
셈하기 능력만을 말하지 않는다. 그 의미가 확대되어 일상적으로
사회생활을 하는 데 필수적으로 요청되는 기본 생활기능이나 사
회적 의식 수준까지를 포함하는 개념으로 확대되었다.
　위에 기술한 능력이 없는 사람을 '비문해자'라고 한다. 모 대학

교수가 자신의 강의를 듣고 있는 학생들 중에서 몇 명을 제외하고 대부분 엎드려 자는 학생이 많아서 그런 학생을 보면 안타깝다는 말을 한 적이 있다. 문해 교육을 받는 학생들은 대부분 여성으로 가정 형편이 어려워 젊어서 배움의 기회를 놓친 60세 이상의 어르신들이 대부분이다. 이분들은 공부 시간에 가장 눈이 빛난다. 수전증이 있는 분도 많아서 글씨를 반듯하게 쓰려고 애쓰지만 그것이 쉽지 않다. 하지만 이 학생들에게 포기란 없다. 기억력이 쇠퇴되었지만 노력으로 그것을 극복해 내신다.

공책 몇 장에다가, 종이가 아깝다고 달력 뒷장에다가 빼곡하게 글자 연습한 것을 볼 때마다 그 열정에 감동을 받은 적이 많다. 문해 교육을 받을 당시의 나이가 80대 초반이었지만 재치가 넘치고 주위 사람들에게 밝은 기운을 주시던 학생이 있었다. 졸업을 한 후에 계속 연락을 주고받다가 언제부터인지 모르는데 연락이 끊긴 상태가 되었다. 전화를 하고 싶어도 안 좋은 소식을 듣게 될까 봐 겁이 나서 망설이고 있었다. 그런데 얼마 전에 그분한테서 전화가 왔다. 올해로 94살이 되셨다고 하는데 생활하는 데 불편함이 없이 잘 지내신다고 하여 안심이 되었다. 그 당시에 학교 다니는 학생들에게 졸업 후에 꽃피면 제 생각하라고 하면서 우리나라 야생화인 '큰꽃으아리'를 꺾꽂이해서 나눠드렸다. 그 꽃이 잘 자라서 해마다 흐드러지게 피는데 그때마다 선생님 생각이 났다고 해서 미안함과 죄책감에 올해는 꽃 필 때 꼭 찾아가겠다는 약속을 하였다.

'큰꽃으아리'는 꽃의 크기가 10여cm가 될 정도로 꽃이 크다. 꽃이 필 당시에는 아이보리 색이었다가 점차 흰색으로 변하는데 야생화 중에 서 가장 소담스럽고 아름다운 꽃이다. 또 다른 학생은 청출어람으로 나보다 더 잘 가꾸어서 꽃구경 오라고 해서 가 봤더니 대문 옆에 아치 모양으로 올려서 꽃 대궐을 만들어 놓으셔서 큰 감동을 받은 적이 있다. 문해 교육을 받은 후에 시도 쓰고 아름답게 꽃도 가꾸면서 여유롭게 살아가는 모습을 보면서 보람이 컸다.

며칠 전에 언니네 갔더니 내가 선물한 '큰꽃으아리'가 수십 송이 꽃봉오리가 맺혔는데 그중에서 세 송이가 살짝 세상에 얼굴을 내밀려고 주춤거리고 있었다. 보라색 '으아리'는 수백 송이가 맺혀 있었는데 딱 한 송이가 입을 살짝 벌리고 있어서 나를 반기는 듯 피기 시작하였다. 이 모습을 보고 "어머! 꽃들이 친정엄마가 온 것을 아나 봐. 환영 나온 것을 보니." 하면서 기뻐서 소리쳤다.

꽃이 피기 시작하였으니 그 꽃을 보면서 나를 기다리고 있을 94살의 졸업생을 찾아가서 꽃도 보고 마음속에 그동안 차곡차곡 쌓아 두었던 정도 나누어야겠다.

해미읍성,
탱자꽃봉오리 터지다

김인숙 수필집

산호와 진주 같은
아름다운 수필 속에 갇히다

김명수(시인, 효학박사, 충남문인협회 회장)

산호와 진주 같은
아름다운 수필 속에 갇히다

김명수(시인, 효학박사, 충남문인협회 회장)

1. 탱자꽃 속으로 들어가다

『해미읍성, 탱자꽃봉오리 터지다』의 원고는 한마디로 충격 그 자체였다. 그건 요즈음 문예진흥기금의 지원으로 나오는 수필집을 받아 읽던 것과는 조금 다른 색깔의 글이었기 때문이다. 우선 무엇보다 글을 쓰고 있는 작가가 많은 책을 읽었고, 많은 경험을 했고, 많은 자료를 보았고, 많은 준비를 했다는 것을 알 수 있었다. 또한 수필에 대한 진지성, 글에 대한 애착 내가 쓰고자 하는 대상에 대해 많이 공부하고 많이 연구한 흔적들이 글의 곳곳에서 나타났기 때문이다. 그리고 빼놓을 수 없는 것 중의 하나는 작가의 필력이 단단하다는 것이다.

필자가 『해미읍성, 탱자꽃봉오리 터지다』의 원고를 받고 단숨에 읽을 수 있었던 것은 글 속에서 향기가 났기 때문이다. 글의 어딘가에 숨어 있는 향기가 책장을 넘길수록 솔솔 번져 왔다. 또한 저자가 글을 이어가는 솜씨가 부드러우면서도 섬세하고 관찰력이 대단했다. 저자는 오랫동안 해미읍성에 대한 역사해설사를 하면서 서산에 대한 애착이 많이 생겼고 팔봉산을 비롯한 서산 일대를 답사하면서 공부한 흔적들이 글의 여기저기서 나타났다. 단순히 사실적인 얘기뿐만이 아니라 자연적 환경, 그 당시의 분위기를 비롯해서 자신의 서정적 감성을 듬뿍 집어넣으면서 쓴 한 편, 한 편의 글들이 또 다음 페이지를 넘기게 했다. 꼼꼼하면서도 정성을 들여 글을 썼기 때문에 전문가가 아니라도 흥미롭게 읽을 수 있으리라고 본다.

　필자는 오랜만에 좋은 수필집을 만난 것에 대해 고마운 생각이 들었다. 『해미읍성, 탱자꽃봉오리 터지다』 이 수필을 통하여 새로운 세계를 탐닉할 수 있었고 내가 몰랐던 사실을 알아 가는 기쁨도 함께 있었기 때문이다. 필자는 더 많은 사람이 이 수필집을 읽기를 바라면서 『해미읍성, 탱자꽃봉오리 터지다』그 속으로 함께 걸어가 보고자 한다.

　김인숙의 『해미읍성, 탱자꽃봉오리 터지다』는 총 5부로 구성되어 있다. 제1부 순결한 탱자꽃에서는 해미읍성을 비롯한 주변에 관한 이야기 중심으로, 제2부 아버지의 아름다운 여행에서는 가족을 중심으로 이야기를 풀어 나갔고 제3부 꽃 속에 숨은 이야기, 이야기 속에 숨은 꽃을 보면서 꽃을 키우면서 만난 그 애들 속으로 들어가 그들과 친구하며 생각하고 이야기를 나눈 것들이 있다. 제4부 산책자 속에는 도시 생활을 정리하고 시골에 살면서 만나는 자연 속의 사물들에 대해 매우 시적인 감성으로 그려내는 글들이 있고, 제5부는 우체통의 변신은 무죄로 어느 날부터 손안에 들어 온 핸드폰으로 인하여 정겹게 오가던 편지는 옛날이야기가 되어 버린 현 세태의 한 단면을 보여 주고 있다.

필자는 순결한 탱자꽃에 나오는 해미읍성 이야기들을 읽으면서 한동안 마음이 숙연해져 옴을 느낄 수 있었다. 김인숙의 수필은 단순히 해미읍성의 모습만을 그린 것이 아닌 해미읍성이 축성되기까지의 이야기와 축성하면서 있었던 민초들의 고통을 함께 다룸으로써 이게 널리 알려지게 되고 공감대가 형성되어 이를 찾는 사람들의 발걸음이 많아질 것이다.

(상략)

이 성벽에는 치성이 두 개가 있다. 치雉는 꿩을 의미하는데 꿩이 자기 몸을 잘 숨기고 밖을 엿보기를 잘하기 때문에 붙은 이름이다. 치성을 만들면 적이 접근하는 것을 일찍 관측하고 전투할 때 접근하는 적을 격퇴할 수 있도록 성벽의 일부를 바깥으로 돌출시킨 시설물을 말한다. 치성은 모양에 따라서 다르게 부르는데 네모꼴이면 치성이라고 부르고 반원형이면 곡성이라고 부른다. 초등학생들에게 설명할 때는 얼굴을 쑥 내밀면 적을 쉽게 발견할 수 있다는 것을 말하면 치성의 역할을 쉽게 이해하였다. 꿩은 선비들이 폐백으로 사용하였는데 쉽게 길들여지지 않는 습성이 있기 때문이라고 한다. 임금의 뜻대로 움직이지 않고 옳은 것은 끝까지 주장하는 선비 정신을 나타내기 때문이다.

성을 쌓은 사람들은 이름이 알려져 있지 않은 민초들이다. 먼 거리도 마다하지 않고 기꺼이 참여하여 왜구를 물리치려는 일념으로 무거운 돌을 나르고 쌓았던 것이다.

읍성 둘레 전체를 돌아보려면 걷는 것도 쉽지 않다. 그런데 이것을 쌓으려면 얼마나 많은 피와 땀과 눈물을 흘렸을까 생각하면 돌 하나 하나에 그들의 고통이 묻어 있다는 느낌이 들 때가 있다. 성을 쌓는 데 참여한 수많은 사람들은 어느 가정의 소중한 가장이며 아들들이 었다. 그 분들이 고향을 떠나 몇 년씩 고생하면서 쌓은 읍성 덕분에 우리 고장은 왜구의 피해를 막을 수 있었다.

수백 년이 흐른 요즘은 4계절 내내 다른 옷으로 갈아입는 읍성에 관광객들이 행복한 시간을 보내려고 끊임없이 찾아온다. 그 곳에서 내일을 위한 쉼의 시간도 갖고 읍성의 역사를 통해서 과거에 빈번하게 일어났던 왜적의 침입 같은 일이 다시는 일어나지 않기를 몸으로 느끼며 가기도 한다.

- 「민초들의 피, 땀, 눈물」 일부

이 수필 속에는 해미읍성에 관한 이야기를 쓰기 위한 자료를 모으고 공부한 흔적, 축조된 해미읍성의 사실적 표현, 그 해미읍성에 대한 일화, 그 일화에 대한 주인공의 생각 등을 아름답게 써 놓고 있다. 이 수필을 읽으면서 언뜻 피천득의 인연이라는 수필집의 머리글에 쓴 글이 생각난다. '나는 아름다움에서 오는 기쁨을 위하여 글을 써 왔다' 라는 말이다. 그렇다 추측하기를 김인숙 수필가도 분명히 『해미읍성, 탱자꽃봉오리 터지다』 쓰면서 아름다워지는 기쁨을 느꼈을 것이다. 사람에 따라서는 글을 쓰는 고통이라고 표현하기도 하는데 그것 역시 글을 쓰기 위해 준비하고 생각하고 교정보고 퇴고하고 하는 과정 속의 한 부분을 얘기한 것일 뿐 결국은 글을 쓰고 난 뒤 '해냈다'는 쾌감과 쓴 글에 대한 아름다움에 대한 기쁨을 위해 그렇게 말한 것 아닐까? 무릇 글은 자기의 철학이고 글이 곧 자신이기 때문에 글을 쓰는 사람들은 쓴 결과물에 대한 기쁨이 먼저 아닐까 하는 생각이 든다.

김인숙의 해미읍성에 관한 이야기는 수필을 읽는 독자에겐 여러 가지 지식을 함께 전달해 준다. 600년의 역사와 축제에 관한 이야기, 지역 이름의 유래 등이 있다. 단순히 역사적 사실만을 열거 하는 것이 아닌 당시의 상황과 현재의 모습을 함께 쓰는 방식은 독자가 편협된 지식이 아닌 당시와 현대의 차이점을 알 수 있는 기회를 주고 있는 점이 좋았다. 특히 해미읍성을 지을 때 각 지역에서 차출된 사람들의 이야기를 다룬 점들은 우리의 역사 속에서 아픈 곳을 다시 한번 되뇌게 한다. 따라서 우린 현실을 인식하고 다시는 그런 일이 생기지 않도록 자신의 일에 최선을 다해야 하지 않을까 한다.

각자성석에는 돌 하나에 시작하는 구간의 고을 이름과 끝나는 구간의 고을 이름이 함께 새겨져 있는 것도 있고 돌 두 개에 나란히 시작하는 고을과 끝나는 고을 이름을 새겨 놓은 곳도 있다. 예를 들면 서천·덕은 - 덕은·홍산 식으로 새겨져서 이해하기가 쉽게 되어 있는 것이다. '덕은德恩'은 여기에서 아주 의미 있는 고을 이름인데 논산의 옛 지명으로 해미읍성이 세워지기 시작한 1417년부터 공사가 끝난 1421년 사이에만 '덕은'이라는 고을 이름을 사용한 것으로 기록으로 남아 있기 때문에 '덕은' 고을 이름이 사용된 시기와 공사 기간이 같다는 것을 증명해 주기 때문이다.

　　해미읍성 제2주차장 맞은편에 새겨진 임천林川은 백마강 건너에 있
는 지역으로 현재는 부여에 속해 있다. 임천 고을 사람들은 자신의
고을 이름을 깊고 정확하게 새겨 놓았다. 600년이 흐른 후에도 각자
성석 중에 가장 선명하게 남아 있어서 임천 사람들이 쌓은 구간이 어
디인지를 확실하게 알 수 있다.

-「가슴에 새길 각자성석」 일부

　이런 역사적 사실은 해미읍성을 찾아오는 사람들에게 새로운 사실
을 알게 한다. 단순히 사람들이 쌓아 올린 것이 아닌 지역 할당제를
했다는 것, 그곳에 지역 백성들의 땀흘린 흔적이 성곽에 쌓은 돌에 지
역 이름을 새겨 아직도 그 글자가 남아있어 당시에 어느 지역 사람이
어느 곳을 쌓았는지 알 수 있다는 사실이다. 이런 경우는 전국 성의
어느 곳을 가 봐도 없는 역사적 사실로서 우리에게 시사하는 바가 크
다 하겠다.

　나는 수필을 읽을 때마다 그리고 시를 쓰다가 수필청탁이 와서 글을
쓸 때 피천득의 인연 속에 나오는 수필에 관한 글을 다시 읽고 인용을
한다. 왜냐하면 그곳에는 수필의 교과서 같은 내용이 들어 있기 때문
이다. 특히 '수필은 청자연적이다. 수필은 난이요 학이다' 이 부분은
압권이라고 생각한다. 또한 '수필은 흥미는 주지 않지마는 읽는 사람
을 흥분시키지는 아니한다. 수필은 마음의 산책이다. 그 속에는 인생
의 항해와 여운이 숨어 있는 것이다.' '수필의 재료는 생활 경험, 자연

관찰, 또는 사회현상에 대한 새로운 발견, 무엇이나 다 좋은 것이다.' 등 수필에 관한 정의를 모두 열거할 수는 없지만 필자가 읽은 수필에 관한 정의적 표현은 아마도 피천득의 수필이란 글 속에 나와 있는 것들이 가장 합리적이고 교과서 같은 말이 아닐까 한다. 나는 김인숙의 글을 읽으면서 간간이 이 피천득의 수필에 관한 교과서 같은 말에 대입시켜 보았다. 뭐라 말할 수 없을 정도로 많은 글들이 수학 공식을 풀듯 사실적 표현과 본인의 생각들이 모두 피천득의 인연 속에서 말하는 것과 비슷했다. 그만큼 김인숙의 수필이 참 맛있고 매력 있고 아름다우며 유익한 내용들이 함께 있다. 어떻게 보면 이 수필집은 지적인 것 같으면서도 흥미롭고 토속적인 냄새도 난다. 굳이 말한다면 김인숙의 수필 속에서는 향기가 들어 있다는 것이다. 또 하나『해미읍성, 탱자꽃봉오리 터지다』읽고 나면 김인숙의 자서전적인 수필 같기도 하다. 그러면서 진부하지 않고 신선하며 새로운 사실들을 열거하는 것을 보면 많이 연구하고 많이 부딪히고 많이 포용하고 있다는 것을 느낄 수 있다. 그 모든 것들을 포용하고 끌어안았기에 쓸거리들이 많고 할 이야기가 많고 보여 줄 것들이 산재해 있음을 알 수 있다.

수필가의 여기 올라 온 글들은 하나 같이 개성이 있어, 가고 싶은 곳으로 가고 있으면서 절대로 궤도를 이탈하지 않고 담담히 우리의 전통차를 마시는 것같이 자기가 가야 할 길로 조용히 써내려 가고 있음을 알 수 있다. 그의 수필은 한두 편 숙제를 해 내려고 쓰는 것이 아닌 자신만의 세계를 구축하기 위해서 나름대로 성을 쌓고 하나씩 둘씩 쌓아 올린 해미읍성 같은 것이다.

또 하나 호야나무 잎에 가을이 앉다. 햇빛 냄새 같은 글들은 제목부터 시적인 분위기를 연출한다. 단순히 이야기식 수필이 아닌 그 수필 속에 들어가 보면 앞서 말한 것처럼 맛있고 멋이 있고 수필이 제목처럼 햇빛 냄새가 나는 것이다.

김인숙 수필가는 처음 책을 내지만 오랫동안 글을 써 왔고 오랫동안 준비를 했고 오래동안 다양한 체험을 한 것이 좋은 무기가 되어 어떤 글도 두렵지 않게 부드럽게 세련되게 예쁘게 쓸 수 있는 힘을 갖게 된 것이다.

호야나무 앞에는 감옥이 있다. 둥근 모양으로 되어 있는 것은 가운데서 망보는 사람이 잘 감시할 수 있게 만든 구조라고 한다. 끌려온 천주교 신자들은 처음부터 달아날 생각은 하지 않았다. 당당하게 오직 차별 없는 자유를 갈구할 뿐이었다. 쇠사슬에 손목과 발목을 묶여 무거운 쇠사슬을 질질 끌며 쓰러지고 또 쓰러졌다. 목에 나무칼을 쓰고 있는 사람, 형틀에서 주리 틀리는 사람의 비명 소리, 곤장을 맞으면서 울부짖는 소리가 감옥 밖 멀리까지 퍼져서 읍성안의 사람들을 공포에 떨게 했다.

이 감옥 안에서 울부짖는 사람들의 소리를 안 들으려고 호야나무는 귀를 막고 싶었을 것이다. 하지만 잎사귀마다 들리는 그 소리도 깊은 나이테 속에 묻어버렸다. 이제는 그 내용을 나이테에서 하나하나 꺼내어 말하고 있다. 여름에는 우거진 푸른 잎으로 그늘을 만들어 주면서 말하고 매서운 겨울 한파에는 가지 사이로 내달리는 바람으로 몸 전체를 떨면서 그들의 정신을 잊지 말라고 호소하고 있다.

- 「호야나무 잎에 가을이 앉다」 일부

해미읍성 안에서 300여 년 동안 슬픔을 나이테에 꾹꾹 누르며 서 있다는 호야나무에 관한 이야기는 당시 천주교를 믿던 신자들에게 얼마나 큰 박해를 했는지를 가늠할 수 있는 글이다. 작가는 또한 이 글 속에서 새로운 것을 받아들이는 것에 겁을 낸 나라의 관리들이 천주교를 믿는 사람들을 잡아다가 온갖 방법을 동원하여 고문하고 고통받다 쓰러지게 만드는 현장의 모습들을 적나라하게 보여 주고 있다. 그런 현장을 지키고 있는 호야나무를 분양하여 나눠줌으로써 그 나무가 슬픔의 원조이지만 행복하고 건강한 나무로 자라서 오히려 후손들에게 해미읍성의 자연유산으로 남기를 바라는 마음이다. 따라서 후손들에게 희생자들의 거룩한 죽음이 결코 헛되지 않았음을 알리는 좋은 나무로 성장해 주기를 기도한다. 역사는 언제나 돌고 도는 것이라서 그 아팠던 역사를 반면 거울삼아 그런 불행한 일들이 두 번 다시 일어나지 않도록 각자 좋은 신앙을 갖고 자신이 처한 곳에서 건강하고 행복한 삶을 살도록 노력해야 할 것이다.

『해미읍성, 탱자꽃봉오리 터지다』는 해미라는 이름이 어디서 왔는지를 잘 설명해 주는 것부터 시작한 것이 다른 곳보다 더 의미 있게 다가오도록 유도하고 있다. 우리나라의 각 고을의 지명을 살펴보면 그냥 지어진 것이 없다. 모두 그 속을 들여다보면 모두 어떤 의미를 지니고 있음을 알 수 있다. 여기 해미는 특히 태종이 셋째 아들 충녕을 데리고 물색한 곳이고 정해현의 해와 여미현의 미를 가져와 해미라고 했다고 역사적으로 전해 오는 얘기를 문헌을 토대로 쓰고 있다. 아직 해미가 어떻게 해미가 되었는지 모르는 사람들에겐 여기 이름이 벌써 500년 전 만들어졌다고 할 때 그 시사하는 바가 크다고 볼 수 있다.

이런 해미읍성을 잘 가꾸어 놓은 서산시는 최근에 해미읍성으로 인하여 관광객들이 많이 모여들고 있다는 말을 들었다. 역사를 잘 보존하는 일 하나만으로도 그 이상의 효과를 누리고 있다 해도 과언이 아니다. 전국 어디를 가도 우리 민족의 유산이 대단하다. 정말 자부심을 갖고 자랑스러워할 일이다. 그런 훌륭한 명소를 그냥 방치하는 것이 아닌, 서산시처럼 잘 가꾸고 보존하고 교육하고 홍보해서 더 많은 사람이 찾아오고 공유하게 된다면 그게 바로 교육이요 민족혼을 살리는 일이라고 생각한다. 그 역할의 하나를 역사해설사들이 하고 바로 김인숙 수필가도 그동안 커다란 기여를 해 왔음을 이 수필집 속에서 느낄 수 있기에 다시 한번 박수를 보낸다.

미스터 선샤인과 해미읍성 안에 있는 탱자꽃 울타리와 그 외 봉오리 터진 탱자꽃이다. 라는 글이나 미스터 선샤인의 글은 당시 실제로 있었던 인물을 주제로 영화를 만들었다고 한다.

주인공인 '유진초이' '미스터 선샤인'으로 불리는 사람은 실존 인물로 구한말을 배경으로 한 이 드라마는 '신미양요' 때 미국이 우리나라에게 통상을 요구하면서 조선의 강제 개항을 목적으로 강화도를 침공하였던 시기의 이야기이다. 노비의 아들로 태어나 주인이 부모를 죽이는 것을 목격하고 도망하여 선교사의 도움으로 몰래 군함에 올라가 미국에 도착한 후에 해병대 장교가 되어 자신을 버린 조선으로 돌아오면서 이 드라마는 펼쳐진다.

> 부잣집 지주의 손녀이지만 의병의 딸로 태어나서 갓난아이 때 부
> 모를 일본군에게 모두 잃고 조국의 독립을 위해 꽃길 대신 총구에서
> 나오는 불꽃처럼 살고자 하는 아씨와 사랑에 빠진다. 양반과 노비의
> 사랑은 '강상죄'로 조선에서 용납이 되지 않는 사랑이다. 하지만 아
> 씨는 그의 출신은 그의 잘못이 아니라며 사랑을 이어간다.
>
> -「해미읍성을 더 빛나게 하는 '미스터 션샤인'」일부

주인공이 부잣집이면서 의병의 딸과 가난한 노비의 아들이 미국에
서 장교가 되어 조선에 와 이 아씨를 만나 사랑에 빠지는 것을 영화화
한 이야기는 해미읍성의 동헌 밖이 배경이 되어 전개되는 이야기다.
여기서 자칫하면 역사적 사실만을 기록하는 글이 되고 만다. 그러나
작가는 고종의 부탁을 받고 일제에 맞서는 청년들의 - 시청자들을
TV 앞에 앉혀 놓았다. '누구는 총으로 누구는 펜으로 - 의지의 불꽃
이 이글거린다' 등 작가의 예리한 통찰력과 애국심이 함께 발로되는
순간이다. 작가는 여기에 팩트로만 그치는 것이 아닌, 그러한 현상이
나중에 조국을 지키다 산화되는 모습이 찬란한 불꽃 같다고 애국심
을 불러 일으키도록 표현하고 있다.

김인숙 수필가의 모든 글들이 좋지만, 정약용의 시 한 수를 끝으로
소개한 것은 해미읍성의 분위기를 잘 마무리하는 듯 해서 시적인 분
위기를 안고 있는 이 수필집에 더욱 애정이 가게 한다. 여기서 약천
유허비를 밭에서 발견했다는 것, 그곳을 찾았던 정약용이 시를 지었

산호와 진주 같은 아름다운 수필 속에 갇히다

고 작가 역시 남구만을 좋아해서 역사 속이지만 다산과 함께 일맥상통했던 것 자체를 즐거워하는 모습이 읽는 사람에게 회심의 미소를 짓게 한다. 우리들도 잠시 고향을 떠나 타지에서 잠깐이라도 만나게 되면 참 많이 반가운 것처럼, 작가는 여기서 많은 시간이 지난 후 남구만을 유허비로 만나면서 가슴속에서 무엇인가 끌리는 듯한 것을 느끼면서 이 글을 썼을 것이다.

  제2부의 아버지의 아름다운 여행은 가족을 중심으로 한 작가의 글이 담담하게 펼쳐져 있다. 아버지가 결혼을 하고 어린 두 딸을 데리고 시골에 와 어머니와 함께 토담집을 짓고 살기 시작한 아버지를 사랑의 눈으로 연민의 정으로 바라보면서 쓴 글들이 가슴을 따뜻하게 한 부모에 대한 효가 옛날에는 공양에 있었다면 현대는 이렇게 부모를 생각하고 위로하고 보살피는 방향으로 바뀌어 가고 있다. 최근에는 모두가 바쁘다는 핑계로 찾아뵙는 것조차 싫어하기에 부모는 가정에 따라서는 천덕꾸러기로 귀찮은 존재로 전락해 버리는 경우가 많아진 것이다. 그럼에도 작가는 이곳에서 아버지의 일생을 아름다운 여행으로 보면서 아버지가 주신 마지막 용돈을 쓰지 못하고 20년이 흐른 지금도 그것을 꺼내 보고 아버지를 생각하는 아름다운 마음을 읽을 수 있었다. 이것이 바로 효가 아니고 무엇이랴. '효도는 물론 살아 있을 때 해야 빛나는 것이지만 돌아가셨다 해도 생각하고 그리워하면서 바르게 사는 것도 살아생전 하지 못한 효도를 하는 것이기에 나름대로 의의가 있는 것이다'라고 말하고 싶다. 이제 그 젊고 멋있던 아버지가 지금은 백발의 노인이 되었지만 지금도 손을 잡고 걸어가는 그 모습을 생각하면서 수필 속에서 만난 아름다운 아버지가

오래오래 행복하시기를 기원한다.

그 외에도 일본 여행기, 길 찾아 가는 길, 내 마음속에 흐르는 문학의 강 등 하나하나의 주제가 읽고 넘어갈 수 있도록 유혹의 손길을 보낸다.

꽃길 따라 하루 여행이나 마음을 잡고 봄을 맞이하다 특히 햇빛 냄새는 서정적 분위기를 잘 나타내 주고 있다. 햇빛 냄새에서 가장 맛깔스런 분위기를 찾아보자. 어쩌면 이 책 속에서 돋보이는 장면 중 하나가 되지 않을까 한다.

그들이 수분을 날려 버리는 최적의 공간은 단연코 빨랫줄에 매달려 바람이 밀어주는 그네도 타고 햇빛의 손길로 어루만져서 뽀송뽀송한 고운 피부가 되는 것이다.

미련 없이 털어버린 물기가 완전히 사라지면 바스락바스락 소리내며 빨래 걷으러 간 나를 반갑게 맞아준다.

집게에서 벗어나 내 두 손안에 안길 때 코끝에 풍기는 햇빛 냄새는 지구상에 없는 먼 우주에서 온 냄새라고 생각하고 싶다. 태양을 박차고 8분 만에 우리 옥상에 내려앉은 햇빛이기 때문이다. 가끔 햇빛 냄새를 맡았다는 사람을 만나면 서로 비밀스런 것을 나누어 가진 사이처럼 가깝게 느껴진다.

빨래와 함께 나에게 찾아온 햇빛 냄새는 아파트에 사는 사람은 결코 누릴 수 없는 꿈일 뿐이다.

단독주택에 사는 사람들도 바깥에 빨래 너는 것을 언제나 일상적인 것으로 알던 시대는 서서히 바뀌고 있다. 빨래를 널 수 있는 공간

이 있는 사람들도 미세먼지가 있는 바깥에 왜 굳이 빨래를 말리느냐
고 반문하는 사람도 있기 때문이다. 그들의 주장에 내키지는 않지만
그것도 맞는 말이라고 수긍을 해야 하는 환경오염의 시대에 우리는
살고있는 것이다.

햇빛 좋은 날 솜이불을 말리면 솜들이 뜨거운 햇빛이 간지러워 서
로가 밖으로 도망가려고 움직여서 부피가 부풀어 오른다. 그 위에 살
짝 누워 보면 사르르 눌리며 숨죽이는 햇빛의 잔해가 내 몸을 감싼다.

맑은 날에는 아파트 창문 밖을 아쉽게 쳐다보며 '빨래 널기 참 좋
은 날이네'라고 혼잣말로 중얼거려 본다. 베란다 건조대에 널려 있는
빨래들은 열린 문틈사이로 조금 들어 온 햇살 덕분에 그나마 조금씩
아주 조금씩 말라간다. 햇빛 냄새는 사라졌다.

- 「햇빛 냄새」에서

코끝에 풍기는 햇빛 냄새, 지구상에 온 먼 우주 냄새라고 한 표현들
은 이 책에서 나오는 표현 중 아주 백미라고 말하고 싶다. 그리고 햇
빛 좋은 날 솜이불을 말리면 솜들이 뜨거운 햇빛이 간지러워 서로가
밖으로 도망가려고 움직여서 부풀어 오른다. 그 위에 살짝 누워 보면
서로 눌리며 숨죽이며 햇빛의 잔해가 내 몸을 감싼다. 라고 했듯 정
말 눈을 감고 누워 있어 보면 내 몸이 하늘로 공중 부양하는 듯한 느
낌을 받는다. 사람에 따라 다르겠지만 이번에는 내 몸을 감고 하늘로
오르는 햇빛에 내 몸을 의지하면 나도 꿈을 꾸듯 하늘 여행을 해본다.
작가는 바로 이런 기분 속에서 햇빛 냄새를 맡고 하늘로, 하늘로 오르
는 내 몸을 맡기려고 그러는지도 모른다.

여기서 고3 엄마로 산다는 이야기가 나온다. 고3 된 아들을 키우면서 있었던 몇 가지의 에피소드와 현재의 생활 태도 엄마의 생각들을 섬세하게 나타내고 있다. 수필이란 장르에서 말하는 생활 속 소재가 잘 어울리는 곳이다. 엄마는 엄마로서의 크고 작은 일들을 하나하나 챙겨주면서 그게 아들에 대한 사랑이라고 생각한다. 고1에서 3학년이 되기까지 고등학교에서의 각종 에피소드들이 섬세하게 잘 나타나 있다. 엄마가 아들에게 줄 수 있는 진짜 사랑이 무엇일까 하는 것을 독자가 읽어가면서 느낄 수 있도록 여러 가지 일에 대한 얘기들이 들어 있다. 앞과 뒤 좌우를 살펴봐도 고3 엄마는 참 힘들 것이다 라고 추론해 본다. 그러면서도 남은 시간 목표 달성할 때까지 열심히 해보라고 응원하는 엄마의 사랑의 메시지가 잘 담겨 있다.

2. 꽃 속에 숨은 이야기, 이야기 속에 숨은 꽃

제3부 꽃 속에 숨은 이야기, 이야기 속에 숨은 꽃 속에는 그려진 사계절 속에 표현된 꽃의 이야기들이 흥미롭게 펼쳐져 있다. 이게 흥미로운 이야기가 되어 독자들을 끌고 가게 될지 그건 아무도 모른다. 다만 이 꽃 속에 숨어 있는 진솔한 이야기들이 읽는 이에게 마음의 양식이 될 것이다. 작가는 그냥 내가 좋아서 쓴 글이지만 어느새 그 이야기들이 독자 속으로 들어가 선택을 받게 된다. 그러기에 글을 밖으로 내놓는다는 것은 많은 용기가 필요하다. 이 작가는 모든 것에 자신이 있고 해낼 수 있다는 자부심이 강한 걸로 안다. 만나지도 않았지만 글

속에서의 대면이 훨씬 더 많은 것을 알게 했다. 그는 야생화 공부를 많이 했고 그 꽃의 특징을 잘 간파하고 있으며 그 애들이 어느 때쯤 필 것이라는 것도 알고 있다. 꽃이 갖고 있는 갖가지 매력과 특징도 알고 있는 듯하다. 봄에 얼음 속에서도 제일 먼저 꽃을 피운다는 복수초를 얘기하면서 산속에서 만난 수많은 식물과 그 작은 꽃에 대한 이야기를 한다는 것은 참 어려운 일이다. 그런 일을 하려면 우선 알아야 하기 때문이다. 알기 위해선 남보다 더 일하고 더 팔과 다리를 써야 한다, 김인숙 수필가의 이야기 속에 등장하는 납매, 복수초, 개부랄꽃, 깽깽이, 삼지구엽초, 큰꽃으아리, 족도리꽃, 미선나무꽃, 고광나무꽃, 새우란 등의 꽃들이 김 작가의 사랑을 듬뿍 받으며 오늘도 제각기 고운 모습으로 얼굴을 내밀고 있는 것이다.

김인숙 수필가가 살아 가면서도 삶의 쏠쏠한 재미를 느끼고 있다는 것을 눈치채게 하는 것은 남편의 이야기를 쓴 달콤한 1년이다. 정년 퇴임과 함께 찾아온 남편의 일상생활 속에 아주 작은 것에도 행복한 눈으로 바라보는 김 작가의 고운 심성이 글 속의 이곳저곳에서 흐르는 것을 볼 수 있다. 또한 무릇 맛을 아는 나이로 보면 정말 나이를 들면서 신기하게도 전에 몰랐던 것들에 대해 하나씩 알아 가는 것이 고맙고 기쁘기만 하다. 그렇다 내가 이런 원리를 진작 텃치하지 못했을까 하는 아쉬움이 번져 오고 전에 먹던 추억 때문에 홍성시장을 다시 가본다. 김인숙 작가의 현지를 탐방하는 습관은 글을 쓰는데 매우 유익한 보물창고가 된다. 어느 곳이든지 가서 본다는 것은 느끼게 되고 발견하게 되고 의문점을 갖게 되고 그걸 해결하려는 궁리하는 마음이 생기기 때문에 그 모든 것들이 글을 쓸 수 있는 거리가 되기 때문이다.

제4부 산책자에서는 장석주 시인을 비롯한 자신의 이야기가 실려 있다. 좋은 작품 하나가 탄생되기까지의 일화 내지는 사연들, 그리고 자신의 아파트 생활 이야기 등 생활 속에서 삶의 한 모퉁이에서 있었던 일들이 글의 소재가 되고 있다. 글을 쓰는 사람들에겐 특별한 소재라는게 없다. 그 이야기가 잘 되면 특별한 소재가 되는 것이다. 제주도의 팽나무이야기, 고려시대 나무 이야기 등 김작가는 쓸게 많다. 그동안 내공을 쌓았기 때문에 좋은 글들이 얼마든지 나올 수 있을 것이다. 그의 글 중에는 아픈 이야기들이 눈을 끈다. 문학기행 하는 가운데 발견한 성삼문의 이야기이다. 이것이 단순히 역사적 사실에 그치지 않고 김작가는 문학적인 견제에서만 바라보려고 노력한 흔적이 엿보인다. 경우에 따라서는 역사적 공과는 사적 감정 없이 오직 나라와 민족을 위해 한 것이라 누구보다 깊고 넓게 살펴보고 충신인 성삼문이 훈민정음 창제에 공헌하여 민족 문화의 차원을 높였다는 점 등을 널리 알리는 것도 후손들을 위해 좋은 일일 것이다.

김인숙 작가는 죽음을 앞에 두고도 자신은 두 임금을 섬기지 않는다고 한 충신 성삼문의 이야기 하며, 코로나가 가져온 마스크의 위력과 에피소드를 담담한 필체로 써 내려간 것, 시인 박두진 문학관을 찾아서 시인의 깊고 높은 곳까지 찾아보려 한 점 등은 매우 의미 있는 주제의 이야기인 것으로 생각이 된다. 사라져 가는 두레 정신을 이야기를 통해 우리의 전통을 다시 한번 살리자고 독자들에게 메시지를 전한다. 두레는 농촌에서는 빼놓을 수 없는 일 중의 하나였기에 지금의 사람들이 그것을 이해하거나 왜 했을지는 경험해 보지 않고서는 이해가 좀 늦다고도 할 수 있다.

제5부 우체통의 변신은 무죄에서는 빨간 우체통 속에 그리움이 가득한 편지를 넣던 시절을 회상하며 시간 여행을 떠난다. 지금은 핸드폰으로 인해 우체통 우편이란 것이 많이 사용하지 않는 것으로 변해 버렸지만 그래도 빨간 우체통이 갖고 있던 낭만은 버릴 수 없다. 작가는 젊은 시절 별로 받지 못했던 편지의 추억을 임신 후에 친정집에 가서 쉬는 동안 남편으로부터 받는 즐거움과 기쁨을 글로 나타내고 있다. 이렇듯 편지는 그리운 사람, 외로운 사람에게 고생하는 사람에게 큰 위로가 된다. 젊은 교사 시절 아이들과 함께 국군장병 아저씨께 위문편지를 보내던 생각이 난다. 전방에서 열심히 훈련하고 근무하는 군인 아저씨들이 편지를 받고 기뻐하는 모습, 그리고 국군장병 아저씨한테 답장이 오면 참 좋아하던 아이들의 모습 등 하물며 임신한 후에 친정집에 가서 휴식하는 아내에게 못 갈 형편이어서 편지로 위로해 주는 남편의 따뜻한 마음은 3년만에 임신한 기쁨을 더 느끼게 해주는 것이다. 그 외에도 연필, 으름난초, 굴포운하 등 읽을거리들이 많이 있다.

앞에서도 얘기했지만 이번에 김인숙 작가의 수필집을 읽게 된 나로서도 행운이라고 생각한다. 새로운 신예를 발견했다는 것과 이렇게 내공이 쌓인 수필가를 만났다는 것, 좋은 글들을 읽고 배울 수 있었다는 것 등 긍정적인 부분이 많이 있기에 많은 사람에게 이 수필집을 한

번 읽어 보라고 권하고 싶다. 수필이 단순히 자기 푸념이 아니라 그 속에 삶의 흔적, 철학, 시대적 상황, 자연과의 교감, 역사성, 사람들과의 관계 등 다양하게 포진되어 있어야 한다. 그런데 김인숙 작가의 수필 속에는 그 모든 것들이 적당히 스며 있어서 싫증이 안나고 오히려 흥미를 느끼게 한다는 것이다. 각 편 마다 하나의 주제 속에 시사하는 점이 있고 작가의 철학이 들어 있고 전달하려는 메시지도 있어서 수필이라는 문학적 요소 속에 지식이라는 암묵적인 요소가 숨어 있다는 것이다.

수필은 내가 찾은 돌을 어떻게 닦고 어떻게 놓고 어떻게 만드느냐에 따라 산호도 되고 진주도 되고 그냥 조약돌이 되는가 하면 돌 자체로 끝나기도 하기 때문에 언뜻 보면 수필이 쉬운 장르 같지만 실제로는 그 속에 담아내야 할 요소가 들어 있지 않다면 자칫하면 잡문으로 흐를수도 있어 열심히 갈고 닦아야 함은 물론이다. 우리가 학생 시절, '청춘, 이는 듣기만 하여도 가슴이 설레는 말이다'라고 시작한 교과서 속의 청춘 예찬이란 수필을 읽고 얼마나 가슴이 설레고 뿌듯하였던가. 이렇듯 좋은 수필은 읽는 이에게 희망을 주고 꿈을 주고 행복과 기쁨을 준다. 필자는 오랫만에 수필다운 수필 『해미읍성, 탱자꽃봉오리 터지다』를 읽으면서 바로 그런 기분을 느꼈다 해도 과언이 아니다. 분명한 것은 이 수필집이 나에게도 새로운 활력소가 되었다는 것이다. 김인숙 수필가의 제2집, 제3집을 기대하면서 많은 사람에게 사랑받는 수필집이 되기를 기도한다.

산호와 진주 같은 아름다운 수필 속에 갇히다